デボラ・エリス＝作
さくま ゆみこ＝訳

ヘブン ショップ

すずき出版

Japanese translation rights arranged with
Fitzhenry & Whiteside Publishers, Markham, Ontario, Canada
through Motovun Co. Ltd., Tokyo.

表紙・本文さし絵　齊藤木綿子

装幀　こやまたかこ

目次

FAMILY

この物語の舞台《ぶたい》

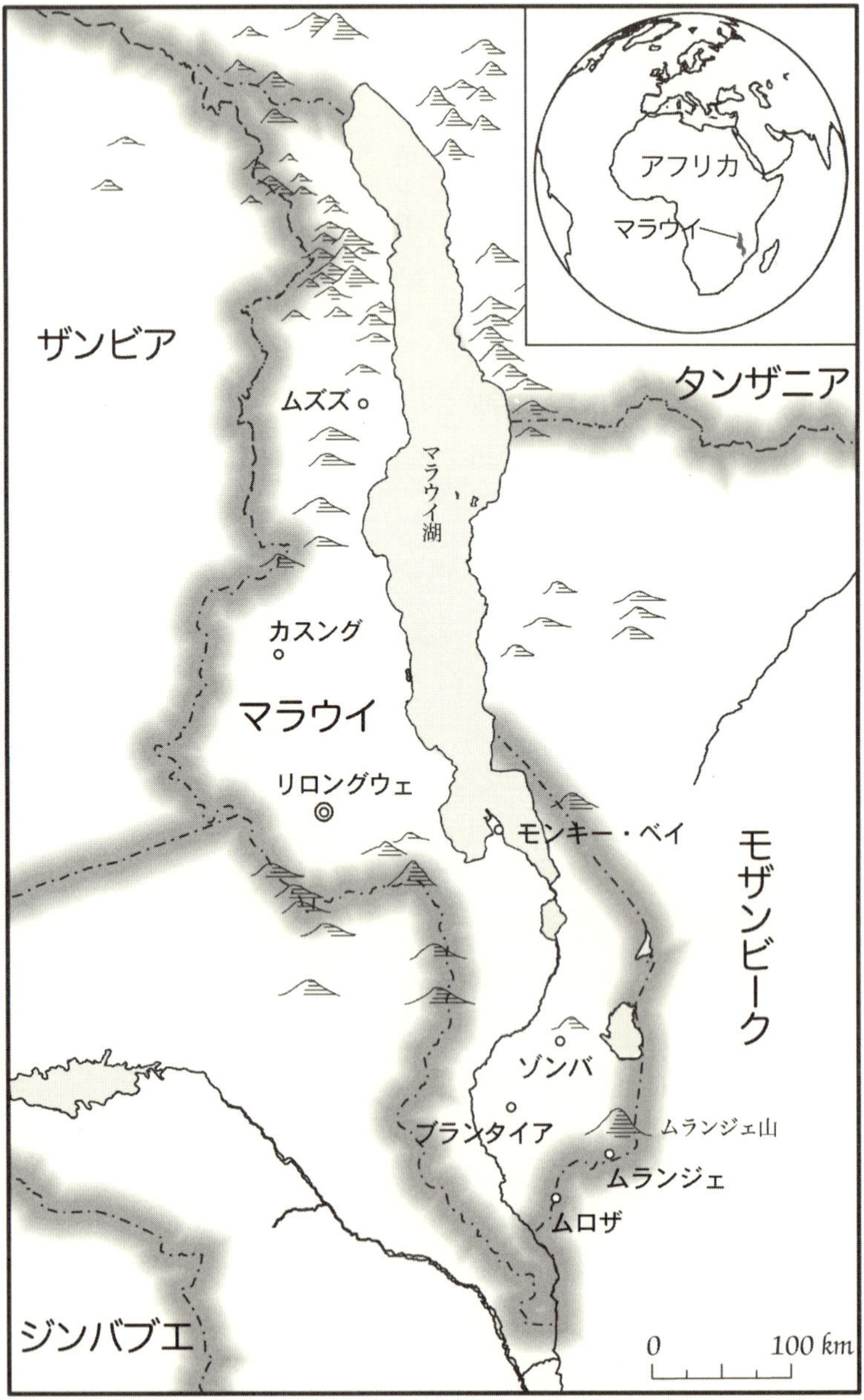
アフリカ
マラウイ
ザンビア
タンザニア
ムズズ
マラウイ湖
カスング
マラウイ
リロングウェ
モンキー・ベイ
モザンビーク
ゾンバ
ブランタイア
ムランジェ山
ムランジェ
ムロザ
ジンバブエ
0
100 km

ヘブン ショップ

1 ラジオドラマ「ゴゴの家族」

「あんたの母さんはエイズで死んだのよ！」

「ちがうもん！」

「そうよ。だれだって知ってることよ」

「母さんが死んだのは、エイズのせいじゃない。ただふつうに死んだんだよ……」

「カット！」ディレクターのワジルさんがどなった。

物語に引きこまれていたビンティが台詞《せりふ》を言いつづけたので、ワジルさんはもう一度言った。

「カットだよ、ビンティ。マイクとの距離《きょり》がまずい。もう一度、最初《さいしょ》からやり直しだ」

ビンティは、スチュアートに向かって顔をしかめてみせた。スチュアートは、もうひとりの子どもの出演者《しゅつえんしゃ》だが、にやにや笑《わら》っている。

笑《わら》ってなさいよ、とビンティは思った。あんたの役は、ニワトリにだってできるくらい、簡単《かんたん》なんだから。

「ほかの人は、ビンティの台詞《せりふ》の言い方をよく聞いて勉強しなさい。真に迫《せま》っているからな。それがマイクを通しても、ちゃんと伝《つた》わるように」ワジルさんが言った。

出演者《しゅつえんしゃ》たちは一休みして、咳《せき》ばらいをしたり、台本をそろえたり、鼻をかんだり、のびをしたりした。テープに録音《ろくおん》している最中《さいちゅう》は、ちょっとした身動きさえできない。マイクがどんな小さな音でも拾ってしまうからだ。まだ今はリハーサルで、次の休憩《きゅうけい》時間が終わらないと録音《ろくおん》は始まらないのだが、ワジルさんは本番と同じにふるまうよう出演《しゅつえん》者《しゃ》に申しわたしていた。

「さあ、いいかね。準備《じゅんび》して。最初《さいしょ》からもう一度やるぞ」

ビンティは深く息を吸《す》いこみ、心を落ち着けて集中しようとした。台詞《せりふ》は自分の分もほかの人の分も頭に入っているので、目の前の台本は見る必要《ひつよう》がない。

ここは、「ストーリー・タイム」のスタジオになっている小さな部屋だ。声がセメントの壁《かべ》にぶつかって妙《みょう》な反響《はんきょう》を起こさないように、壁《かべ》は毛布《もうふ》でおおってある。ビンティの

GOGO

兄のクワシが描《か》いた鳥の絵がかかっているのが、唯一《ゆいいつ》の飾《かざ》りだ。このスタジオで録音《ろくおん》された声がマラウイじゅうに飛《と》んでいくのを思い出させるために、ディレクターのワジルさんがこの絵を飾《かざ》ったのだ。

ビンティの頭の中では、このスタジオがゴゴの家に変《か》わっていた。「ゴゴの家族」というラジオドラマは、ほとんどがゴゴの家を舞台《ぶたい》にして進んでいく。ビンティは、ゴゴの孫《まご》娘《むすめ》ケティの役だ。何かとしゃくにさわるスチュアートも、今はケティが嫌《きら》ういとこに変《か》わっていた。このいとこは、母親が亡《な》くなったのでゴゴの家にやってきたのだ。ワジルさんがラウドスピーカーで開始の指示《しじ》を出したときには、ビンティはすっかり用意ができていた。

そのシーンが終わると、ワジルさんが言った。

「はいオーケー。よくできた。よし、休憩《きゅうけい》だ。元気を回復《かいふく》したら、次は録音《ろくおん》に入るぞ」

ビンティは、自分の中身がマイクに吸《す》いとられでもしたように、ぐったりしていた。でも休憩《きゅうけい》している間に、また元気をとり戻《もど》せるはずだ。いつもそうだったのだから。

「ビンティ、『ユース・タイムズ』の記者が、インタビューに来てるわよ」制作《せいさく》助手のジムさんという女性《じょせい》が、ビンティの肩《かた》に手をおいて言った。

ビンティはそのこともちゃんとおぼえていたので、ジムさんのあとについて、小さな事《じ》務《む》室《しつ》に入っていった。ズボンをはいた若《わか》い女の人が、紙の山の間に腰《こし》かけている。

「ビンティ・ピリを連《つ》れてきたわ」ジムさんはそう言うと、二人を残《のこ》して部屋から出ていった。

女性《じょせい》記者はにこっと笑《わら》うと、ビンティと握手《あくしゅ》しながら言った。

「時間をつくってくれて、ありがとう」

ビンティはのっていたファイルを床《ゆか》におろしてから、いすに腰《こし》をかけた。そのとたん、記者の服装《ふくそう》から目をそらすことができなくなった。記者はそれに気づくと、笑《わら》いながら言った。

「バンダ大統領《だいとうりょう》（一九六六年から一九九四年まで、マラウイを治《おさ》めた専制的《せんせいてき》な大統領《だいとうりょう》）が政権《せいけん》をにぎってたのは、もう昔の話よ。それなのにまだみんな、女性《じょせい》がズボンをはいてるとびっくりするのよね」

バンダ大統領《だいとうりょう》の時代は、女性《じょせい》は長いスカートかワンピースを着なければいけないという法律《ほうりつ》があったのだ。ビンティは、自分ではズボンなど一度もはいたことがない。ふだん着もスカートかワンピースだし、よそ行きもワンピースだ。学校の制服《せいふく》だって、もちろんスカートだった。ラジオドラマの収録《しゅうろく》のときには、ビンティはいつも二番目にいいワンピースを着てくる。青い生地《きじ》に、ジュニがレースをつけてくれたワンピースだ。いちばんいいワンピースは、教会に行くときのためにとってある。

「父のお客さんの中には、マラウイはバンダ大統領《だいとうりょう》のときのほうがよかったと言う人もいます。仕事がたくさんあったって」ビンティは言った。

「でも、自分の意見を言っただけで拷問《ごうもん》を受けた人も多かったのよ。ビンティ、仕事と言論《げんろん》の自由と、どっちが大切だとあなたは思う？」

ビンティはしばらく考えてから言った。

「それは、その人がどれだけ貧乏《びんぼう》かによると思います」

記者はゆかいそうに笑《わら》ったが、ビンティのことをばかにして笑《わら》っているのではなかった。

「さて、あまり時間もないようだから、始めましょうか？　あなたについてのデータがここにあるの。えーと、あなたはセント・ピーターズ女子校の七年生で、十三歳《さい》。仕事で演技《えんぎ》するのは『ゴゴの家族』が初《はじ》めてなのよね。これだけじゃしょうがないから、いろいろきかなくちゃ。まず、あなたの家族のことを教えてくれる？」

「姉のジュニは十六歳《さい》で、頭の中はボーイフレンドのノエルのことばかり。二人は婚約《こんやく》してるんですけど、父は結婚《けっこん》の前にまず姉を卒業《そつぎょう》させたいと考えています。姉は成績《せいせき》もいいから、どっちにしても卒業《そつぎょう》すると思います。

それから兄のクワシは十四歳《さい》で、絵を描《か》くのが好《す》きです。たいていは鳥の絵だけど、人を描《か》くのもじょうずです」

クワシが口の端《はし》を少し曲げて内気そうにほほえんでいるときは、描《か》きたい絵について考えているときなのだが、ビンティはそこまでは言わなかった。

「あたしは三番目で、末《すえ》っ子《こ》です」

「ご両親は？」

「うちには父しかいません。母は六年前に病気で死にました」

記者は、なんの病気かたずねなかった。ビンティも病名は知らなかった。母さんは寝《ね》ていることが多く、だんだん体も小さくなって、やがてしぼんで消えてしまったように思えた。ある日、家に親戚《しんせき》が大勢《おおぜい》集まってきたと思ったら、母さんは二度と会えないところへ行ってしまっていたのだ。

「お父さんは、何をしていらっしゃるの？」

「小さな店をやっています。棺《ひつぎ》をつくって売ってるんです。店の名前は『ヘブン・ショップ』といって、ニュー・チレカ通りにあります。住まいは、その店の裏《うら》です」

ビンティは、記者が店のことも書いてくれるといいな、と思ったが、じっさいのところ、父さんは新しいお客さんを必要《ひつよう》としてはいなかった。今でさえ、注文《ちゅうもん》が山のようにあったからだ。

「父は、兄とあたしに大工仕事を教えてくれてるんですけど、あたしたちはまだへたなんです。でも、兄よりはあたしのほうがじょうずなの。兄は、ちゃんと寸法《すんぽう》を測《はか》るのをめんどくさがるんだもの」

「あなたの家にもゴゴはいるの？」

マラウイのほとんどの人は、祖母《そぼ》のことをゴゴと呼《よ》ぶ。

「母方の祖母《そぼ》には会ったことありません。父方の祖母《そぼ》はムランジェに住んでいます。あたしがゴゴと呼《よ》ぶのは、このおばあちゃんなの。でも、あんまりよくは知らないんです」

ビンティは、ゴゴのことをほんとうは何も知らないのだが、そのことは言わなかった。母さんが死んだときゴゴはここブランタイアにやってきたが、それ以来《いらい》一度も会っていない。ゴゴは長い滞在《たいざい》はしなかったが、やさしく抱《だ》きしめてくれたことだけはおぼえている。

「『ゴゴの家族』はマラウイではいちばん人気があるラジオドラマよね」と、記者は言った。「全国の家庭や村で、毎週何百万人という人たちが、あなたの声を聞いているのよね。きっとファンレターも来るでしょう？」

「子どもからもおとなからも、いっぱいファンレターをもらいます」

「どんなことが書いてあるの？」

ビンティはにやっと笑《わら》って言った。

「たいていの人は、なんてひどい女の子なんだって書いてくるんです。あたしの役のケティにあてて書いてるんですね。ビンティあてに書いてくる人は、じょうずだってほめてくれたり、自分もドラマと同じようなことを経験《けいけん》してるって書いてきます」

「あなたはケティに似《に》てるのかしら？」

「あたしはもっといい性格《せいかく》です」と、ビンティは言った。「ディレクターのワジルさんは、こうなったらだめだ、ということをみんなに教えるために、ケティをわざとひどい役にしてるんだって、言ってます」

「有名になるのは、どんな気持ち？」

「みんなでつくって人気が出た番組ですから」ビンティは答えたが、これはあらかじめインタビューの予行演習《えんしゅう》をしたときに、ワジルさんと打ち合わせたとおりの答えだった。

「でも、父はあたしのことを自慢《じまん》しています」

ビンティは、記者が自分の言ったことを書きとめるのを見ていた。今のは、ちゃんと質《しつ》問《もん》に答えたことにはならない。どんな気持ちがするかだって？

毎週お金がもらえるのは、うれしい。そのお金のほとんどは家のお財布《さいふ》に入ってしまうのだが、ジュニもクワシもビンティも、そこからおこづかいを分けてもらえた。それに、「ストーリー・タイム」のスタジオに来て、ファンレターをもらうのもうれしいことだった。といっても、返事を書くのはめんどうなのだけれど。ブランタイアの通りを歩くとき、自分が特別《とくべつ》だと思えるのも、いい気分だった。お店や屋台の人たちはビンティを見ただけではだれかわからないが、ビンティの声はこの人たちの家にも届《とど》いているのだ。

でも、いちばん気に入っているのは、ドラマを収録《しゅうろく》するときだ。出演者《しゅつえんしゃ》のひとりとして、楽しみながらも一所懸命《いっしょけんめい》に台詞《せりふ》を言う。何度も何度も同じ台詞《せりふ》をくり返さなくてはいけないとしても、最後《さいご》の本番でぴったりきまるように言えると、苦労《くろう》も吹《ふ》き飛《と》んでしまう。

記者はメモをとり終えると、もう一度読み直して、それから言った。

「出演《しゅつえん》することになったいきさつをきくの、忘《わす》れるとこだったわ」

「オーディションを受けたんです」と、ビンティは言った。「父が図書館の掲示板《けいじばん》を見てオーディションがあるのを知り、姉のジュニがここへ連《つ》れてきてくれたんです。出演希望《しゅつえんきぼう》の子どもたちが長い列をつくってました。おとなの人たちの前でひとりひとりが、文章を読みました。くり返し読むように言われた子もいます。何度かやるうちに、だんだん候補《こうほ》がしぼられて、最後《さいご》に残《のこ》ったのがあたしだったんです。それでこの仕事をもらいました」

「それからもう四か月もつづけてるのね？」

「八か月です。放送は四か月前に始まったんですけど、収録《しゅうろく》はその四か月前からやってますから」

「このドラマは、エイズとか犯罪《はんざい》とか失業《しつぎょう》とか、深刻《しんこく》な問題を扱《あつか》ってるけど、あなたはそういう問題をしっかりわかってるのかしら？」

もちろん、わかってます、とビンティは言いたかった。頭の回転も速いからこの仕事をもらえたんです、と。でも、それは言わなかった。新聞の読者に、思いあがっていると思われてはいけない。

「ドラマでは、ふつうの子どもになって台詞《せりふ》を言ってます。今日収録《しゅうろく》するところでは、いっしょに暮《く》らすためにやってきたいとこを、あたしがからかうんです。いっしょに暮《く》らすのが嫌《いや》なので、『あんたの母さんはエイズで死んだのよ！』って言って、いじめるんです。いとこに恥《はじ》をかかせようとするのが、あたしの役です。子どもって、そういうことを平気で言いますよね」

「さてと、こっちはどんな具合かな？」ワジルさんがいつもながら勢《いきお》いよく、部屋に飛《と》びこんできた。「ビンティ、本番の前にしなきゃいけないことがあるなら、今すぐやっといてくれよ」

ディレクターのワジルさんは録音《ろくおん》を中断《ちゅうだん》されるのを嫌《きら》い、休憩《きゅうけい》の間に用をすませるように言いわたしていた。

「もう記事は書けるでしょうな？」ワジルさんは、記者にたずねた。記者は、まだだと言いそうだったが、それより早くワジルさんがつけ加《くわ》えた。「あとは、本部の事務所《じむしょ》に行けばうちの活動をすべて紹介《しょうかい》した説明書《せつめいしょ》がもらえますから。ラジオドラマの制作《せいさく》だけじゃなくて、ＨＩＶ《エイチアイブイ》・エイズや、栄養《えいよう》や、いろんな問題についてのマンガ本も出してるんですよ」

ワジルさんは、片手《かたて》で記者を押《お》しだすと、もう片方《かたほう》の手でビンティの背中《せなか》を押《お》してスタジオのほうへ連《つ》れていった。ワジルさんは、いつもカラフルな服を着ているので、身振《みぶ》りがひときわ派手《はで》に感じられる。今日のワジルさんは、緑色とオレンジ色のあざやかなシャツを着ていた。頭からかぶるゆったりしたシャツで、幅《はば》の広いそでがついている。

それから十分後、元気をとり戻《もど》したビンティは、また新たな気持ちでマイクの前に立っていた。

「みんな、そろってるか？」ディレクターのワジルさんは、スタジオに入るなり、あたりを見わたした。「みんな位置《いち》についてるな？　よーし。マラウイの人たちが聞きたいと思うようなドラマに仕あげようじゃないか」

本番を始める前に、ワジルさんはいつもこう言うのだ。ビンティは、この決まり文句《もんく》を聞くのが好《す》きだったし、これを聞くと、だれもが耳を傾《かたむ》けたいと思うような、すばらしいドラマをつくっている気になれるのだった。いつものことながら、本番が近づくとビンティはわくわくしてきた。

ワジルさんが録音室《ろくおんしつ》を出ていった。押《お》しボタンがいっぱい並《なら》んだサウンドボードにはりついている技術者《ぎじゅつしゃ》の横にワジルさんが腰《こし》かけるのが、大きなガラス窓越《まどご》しに見えた。ワジルさんも興奮《こうふん》しているのがわかる。

ビンティがにこにこしていたせいか、ワジルさんがビンティを見てほほえんだ。でも、それもほんの一瞬《いっしゅん》のことだった。

次の瞬間《しゅんかん》、ワジルさんはどなっていた。

「よーし、用意はいいか。始めるぞ。第一幕《まく》、第一場。真に迫《せま》った演技《えんぎ》をしろよ！」

ラジオドラマが始まった。ビンティは、ビンティであることをやめ、ゴゴの家族の末《すえ》っ子《こ》ケティになっていた。

2 バンボのお店

録音《ろくおん》が終わると、次の週の台本をもらう。ビンティはいつも、スタッフが「もう帰りなさい」と言うまで、ジュースを飲んだりしながら録音《ろくおん》の日の特別《とくべつ》な雰囲気《ふんいき》をいつまでも楽しむことにしていた。

ラジオ局への行き帰りに、つき添《そ》いはいない。ビンティは、ミニバスに乗るお金は持っていたが、歩くほうが気分がよかった。ミニバスはいつもぎゅうぎゅうにこんでいるので、乗っても自分が特別《とくべつ》な存在《そんざい》だという気持ちにはとうていなれないからだ。

門まで歩いてきて、ビンティはふり返った。ラジオ局といってもふつうの家と同じように、灰色《はいいろ》のレンガの壁《かべ》の上に赤いタイルの屋根がのり、道路までの間には花や木を植えた庭もある。そして、木陰《こかげ》があって涼《すず》しいモダンな通りに面している。

「いつか、わたしもこういう家に住むんだ」とビンティは独《ひと》り言《ごと》を言い、守衛《しゅえい》さんに会《え》釈《しゃく》して門をあけてもらった。おしゃれな家はみんなそうだが、ここも周囲《しゅうい》に高い塀《へい》をめぐらせ、どろぼうが入らないように守衛《しゅえい》をおいている。

ビンティは、台本の表紙が外側《そとがわ》に出るようにして持った。こうしておけば字が読める人には、ビンティが重要《じゅうよう》な人物だとわかるはずだ。門を出ると、ビンティは家路《いえじ》についた。

マラウイ最大《さいだい》の都市ブランタイアで暮《く》らすのが、ビンティは気に入っていた。ブランタイアというのは、探検家《たんけんか》デイビッド・リビングストンが生まれたスコットランドの都市にならってついた名前だ。リビングストンはムズング、つまり白人で、まだマラウイがニアサランドと呼《よ》ばれていた一八〇〇年代にやってきた。ブランタイアは、にぎやかな都市で、舗装《ほそう》道路に面して銀行のおしゃれなビルが建《た》ち並《なら》んでいる。ビンティは、ジュニのように買い物にうつつを抜《ぬ》かすわけではないが、お店を見て回るのは大好《だいす》きだった。それに、ブランタイアはマラウイの高地にあるので、お店ばかりでなく、景色《けしき》を楽しめる丘陵《きゅうりょう》もある。ソチェという名の、小さな山だってあるのだ。

ビンティは、山の名前をとったマウント・ソチェ・ホテルというおしゃれなホテルの前を通った。ホテルの庭に立つ木に、兄さんが描《か》きたがるような赤いハチクイという小鳥がいるのが見えた。このホテルの大きなロビーでは、重要《じゅうよう》なイベントがしょっちゅう行われる。「ストーリー・タイム」も、ラジオドラマが始まったときに、ここでパーティを開いた。パーティはわくわくしておもしろかったけれど、ふだんの生活とはあまりにもちがうので、終わって家に帰ったときにはホッとしたものだ。

今ではビンティもパーティに慣《な》れ、またあるといいな、と思っていた。

ホテルを過《す》ぎると、大通りをそれて、図書館につづく未舗装《みほそう》の通りに入った。段《だん》ボール箱《ばこ》を逆《さか》さにした上にお菓子《かし》を並《なら》べて売っている子どもたちがいる。五月初旬《しょじゅん》なのに、歩いているビンティは汗《あせ》をかいていた。マラウイはこれから冬に入るのだが、まだ午後の日《ひ》射《ざ》しは暖《あたた》かい。図書館の窓《まど》から中をのぞいてみると、土曜日の今日は、平日にはひまがない人たちでこみ合っていた。姉のジュニも、ここで勉強しているはずだ。

ジュニは、ボーイフレンドのノエルと向かい合ってすわっていた。どうも本を見るよりもおたがいを見つめ合う時間のほうが長いようだ。ビンティは手をあげて窓《まど》ガラスをコツコツたたこうとしたが、ジュニの顔を見てその手を止めた。

ジュニの顔は、父さんに似《に》てたまご形だが、ビンティは母さん似《に》でもっと顔が丸い。

ジュニの顔を見ているうちに、ビンティはずっと前のことを思い出した。その思い出の中では、父さんが母さんを見つめていた。二人は強く愛《あい》し合《あ》っていたので、やさしさ、つらさ、そして世界の希《き》望《ぼう》のすべてが、その表情《ひょうじょう》にはあらわれていた。

ビンティは窓《まど》をたたこうとしていた手をおろした。ドラマの収録《しゅうろく》の日には、ジュニの表情《ひょうじょう》について考えこむ気にはなれない。

そのまま家に向かうことにした。間もなく家のあるニュー・チレカ通りに出た。この通りの片側《かたがわ》には古着屋がたくさんあって、木材《もくざい》をロープでゆわえたり釘《くぎ》で打ちつけたりしてつくった屋台とか、地べたに敷《し》いたビニールシートなどの上に服を並《なら》べて売っている。アメリカ人たちがお払《はら》い箱《ばこ》にしたジーンズやシャツやドレスやセーターが、大きな山になっている。土曜日の遅《おそ》い午後、人々《ひとびと》は古着の屋台のまわりに群《むら》がっていた。ジュニも、ノエルといっしょでないときは、この辺《へん》の屋台を物色《ぶっしょく》している。ジュニは、ボロの山の中から掘《ほ》り出《だ》し物《もの》を見つけるのがじょうずなのだ。

通りの反対側《はんたいがわ》には、小さな店が所狭《ところせま》しと建《た》ち並《なら》び、商品が歩道まであふれだしていた。店の後《うし》ろ側《がわ》はくだり斜面《しゃめん》になって家並《いえな》みや小道のある小さな谷へつながり、そこから先はブランタイアの別《べつ》の地区が広がっている。

ビンティは、果物《くだもの》や野菜《やさい》を売っているところを通った。ちゃんとした屋台を持っている人もいるが、たいていは地面に腰《こし》をおろした女の人たちが、バナナやトマトを並《なら》べて売っている。油で揚《あ》げるためのジャガイモを切っている男の子もいるし、シャツやペンや電池をかかえて売り歩いている人もいる。

ビンティはとつぜんハッとして立ち止まった。後ろから来た女の人に文句《もんく》を言われたので、道をあけてその人を先に通す。

目の前には新しい棺《ひつぎ》の店ができていた。

これを知ったら、父さんは喜《よろこ》ばないだろう。ビンティだって嫌《いや》な気分だ。父さんの店からお客さんを奪《うば》うことになるのだから。父さんは、木材《もくざい》の価格《かかく》や競争《きょうそう》相手のあるなしが、売りあげを左右するのだと言っていた。

ビンティは、新しくできた棺《ひつぎ》の店の前庭に入っていった。父さんの店によく似《に》ているが、壁《かべ》に立てかけてある棺《ひつぎ》はふつうの木材《もくざい》ではなく、緑色の美しい素材《そざい》でこしらえてある。ビンティはそばまで行ってみた。

「きれいだろう？」男の人が声をかけてきた。

その人は、父さんみたいに木くずにおおわれてはいなかった。

「わたしはツァカ。ここはわたしの店なんだ」

「きれいな棺《ひつぎ》ですね」ビンティは礼儀正《れいぎただ》しくあいさつしてから、ほめた。

「だけど、きみは棺《ひつぎ》を買いに来たわけじゃないよね」ツァカさんが言った。

「棺《ひつぎ》が何でできているのか知りたかったんです」

何人かおとなの人が入ってきたので、ツァカさんはお客さん向けの笑顔《えがお》をつくった。ビンティの父さんも、こういう顔をすることがあるけれど、それは疲《つか》れていて自然《しぜん》に笑《わら》うことができないときだけだ。

「さあ、見終わったら、お帰り。子どもがうろうろしていると、棺《ひつぎ》が売れないからね。お客さんが厳粛《げんしゅく》な店だと思ってくれなくなるんだよ」

ビンティは首をのばして、店の裏《うら》をのぞいてみた。裏手《うらて》にも、透明《とうめい》なビニールで包《つつ》んだおしゃれな棺《ひつぎ》がおいてある。もっと近寄《ちかよ》って見てみたかったが、ツァカさんに怒《おこ》られそうだ。ビンティは店を出て家に向かった。

間もなく、父さんの店の看板《かんばん》が見えてきた。

ヘブン・ショップ――迷《まよ》わず天国へ行ける棺《ひつぎ》の店――

と書いてある。

家に戻《もど》ると、看板《かんばん》に背《せ》を向けて地面にすわりこんだクワシが、働《はたら》いている父さんをスケッチしていた。クワシは、「ぼくの指が、何か描《か》きたくてたまらなくなるんだ」と言うくらい絵が好《す》きだ。ビンティはかがんで、スケッチをのぞきこんだ。今日のは、色のついていない鉛筆《えんぴつ》だけのスケッチだ。クワシは、去年のクリスマスにもらった水彩《すいさい》絵の具の小さなセットも持っている。でも、それは貴重《きちょう》なので、めったに使わない。

「いい絵ね。でも、この父さんはやせすぎよ」

クワシのスケッチでは、父さんの着ている服はぶかぶかだし、腕《うで》は細い枝《えだ》みたいだし、顔は骨《ほね》ばかりに見えた。

「だって、ほんとにやせてるんだもん」クワシが言った。

「こんなじゃないわよ。それから、おしりの下にボール紙を敷《し》いたほうがいいわよ。ズボンに泥《どろ》がつくと、ジュニがうるさいから」

「光をさえぎらないでくれよ」クワシがビンティに言った。じゃまをしないでほしいとき、クワシはいつもこう言う。

作業台は庭の真ん中にあるのだが、まわりに立てた柱にブリキ板の屋根をのせただけで壁《かべ》はない。ビンティの父さんは作業台のわきに立って、板の寸法《すんぽう》を測《はか》っていた。よく見ると父さんの腕《うで》が板の厚《あつ》みほどもないのに気づいて、ビンティはハッとした。

「ただいま、バンボ」ビンティは言った。マラウイでは、父親のことをバンボと呼《よ》ぶ。

父さんが顔をあげてほほえんだ。

「うちの有名人は、今日も元気かい？」

父さんの目は、いつものようにきらきらしていた。

「やめてよ、バンボ」ビンティは文句《もんく》を言いながら笑《わら》った。「バンボもそのうち有名になるわよ。記者の人に、ヘブン・ショップのことをちゃんと話しといたからね」

「そうか。今日は、新聞のインタビューがある日だったな」

「マラウイじゅうの人が、バンボの棺《ひつぎ》を買いに来るかもね」

「だったら、あと二本腕《うで》がいるな」父さんは冗談《じょうだん》を言った。「そうすれば、二本でのこぎりをひいて、あとの二本で組み立てることができるからな」

「それなら、シャツも新しくしないとね」ビンティは言った。「そでが四つあるシャツをジュニにさがしてきてもらわないと」

「さあ、そのよそ行きはぬいで、かけておきなさい。明日教会に行く服も用意しておくんだぞ。そのあとで、お茶をいれてくれるとありがたいね」

「そうしてあげてもいいわよ」

スタジオから戻《もど》ると、父さんにお茶をいれてあげるのが習慣《しゅうかん》になっていた。ビンティは屋根の下に木の棺《ひつぎ》がぬれないように積《つ》み重《かさ》ねてあるところを通って、裏《うら》にある小さな家に入っていった。そしてコンロにヤカンをかけ、お湯がわくころには、よそ行きのワンピースをぬいでふだん着のスカートとシャツに着替《きが》えていた。

ビンティは、ラジオ局からもらったお金を高い棚《たな》の上の古い砂糖《さとう》つぼの中に入れ、三つのカップにお茶をいれた。クワシがお茶を飲みに入ってきたので、残《のこ》りの二つを持って外へ出た。

父さんはお茶のカップを受けとり、ふうふう吹《ふ》いてからすすった。

「ジュニは図書館にいたけど、ノエルをうっとりと見てただけよ」ビンティが言いつけた。

「本のほうも同じように熱心《ねっしん》に見てくれれば、いいんだけどな」父さんが言った。

ジュニは、一年もたたないうちに試験《しけん》を受けることになっている。その成績《せいせき》がよければ、しばらく働《はたら》いてお金をためたら大学に行けるのだ。

「ノエルといると、頭が空っぽになっちゃうみたいよ」

「恋《こい》というのは、そういうものだよ」父さんが言った。「わたしだって、母さんを見てると何もかも忘《わす》れてしまうことがあったよ。自分の名前だって思い出せなくなるくらいなんだ」

父さんはカップをおくと、新しい板を作業台にのせようとした。でも、途中《とちゅう》で力が抜《ぬ》けてしまったらしく、板が下に落ちた。ビンティが手伝《てつだ》って板を台の上にのせた。

「バンボ、また具合が悪いの？　板を押《お》さえててほしい？」

「具合が悪いわけじゃないよ。だから、おまえも自分の仕事をしなさい。庭をはくのがおまえの仕事だろう」

ビンティはほうきをとりあげた。父さんは、店をきれいにしておきたがる。「お客さんの悲しみをしっかり受け止めて、敬意《けいい》を払《はら》うためには、できるだけのことをしないとな」父さんはよくそう言っている。「店が散《ち》らかっていると、悲しみをちゃんと受け止めていないと思われて、お客さんも別《べつ》の店に行ってしまう」

それに店が片《かた》づいていると、火事の危険《きけん》も少なくなる。ビンティは木くずをきちんとはき、庭の地面をきれいにならした。そして道路側《どうろがわ》の庭のへりに木くずをきちんと積《つ》みあげた。こうしておけば、燃料《ねんりょう》を買えない人たちが、夜の間に持っていくだろう。

「通りの先に新しい棺《ひつぎ》の店ができてたわよ」ビンティは言った。「とってもおしゃれな棺《ひつぎ》が並《なら》べてあったわ」

「今日おまえがラジオ局にいる間に、わたしもその店に行ってみたよ」板のへりにやすりをかけながら、父さんが言った。「あいさつをしておきたかったんでね。悲しいことに、店がふえても棺《ひつぎ》の注文《ちゅうもん》はいくらでもある。亡《な》くなる人が多いからね。あのおしゃれな棺《ひつぎ》は、南アフリカからとり寄《よ》せてるんだよ。ねじで組み立てるだけでいいんだ。職人《しょくにん》の腕《うで》なんて必要《ひつよう》ない。たしかに美しいかもしれないが、うちのとはちがうよ」

父さんは、自分に言い聞かせるように話しているのだと、ビンティは思った。父さんは、熟練《じゅくれん》した腕《うで》で切った板を、釘《くぎ》も使わずに組み合わせていく。釘《くぎ》をほとんど使わなくても、父さんのつくった棺《ひつぎ》は壊《こわ》れなかった。

「だからこそ、みんながうちの店にまた来てくれるんだよ」父さんはよくそう言っている。たしかに葬儀《そうぎ》の途中《とちゅう》で棺《ひつぎ》がばらばらに壊《こわ》れたら、たいへんなことになる。そんなことを思っているうちに、子どもがひとり庭に入ってきた。

「子犬の棺《ひつぎ》をつくってほしいの」

その小さな男の子は、ミッキーマウスの絵がついた破《やぶ》れたT《ティー》シャツの胸《むね》に小さな動物をかかえていた。

父さんはのこぎりをひく手を休めて、作業台をぐるっと回ると、男の子の前にしゃがんだ。

「子犬が死んじゃったんだね。それは悲しいね。なんていう名前だったのかい？」

「マンデラ（一九九四年、南アフリカ共和国《きょうわこく》初《はつ》の全人《ぜんじん》種《しゅ》による選挙《せんきょ》で選《えら》ばれた大統領《だいとうりょう》の名前）」男の子は涙《なみだ》を流しながら小さな声で言った。

「そりゃあ、気高《けだか》い名前だな。だったら名前にふさわしい棺《ひつぎ》をつくってあげないとね」

父さんは作業台に手をついて立ちあがった。

「ビンティ、ちょうどいい板きれがあるかどうか見てきておくれ」

ビンティは余《あま》った板が積《つ》んであるところへ走っていった。赤ちゃんの棺《ひつぎ》をつくるのにも間に合わない小さな板が積《つ》んである場所だ。その中からちょうどよさそうなのを選《えら》んで持っていった。

「これならいいのができそうだ。いっしょにつくってみようじゃないか、ビンティ。どのくらいじょうずになったか見せておくれ」父さんが言った。

ビンティの仕事は父さんよりずっと遅《おそ》かったし、つなぎ目もぴったりとはいかなかった。でも二人で力を合わせるうちに、小さな棺《ひつぎ》ができあがった。

「そのうちに、おまえも腕《うで》ききの大工になれそうだな」父さんがビンティをほめた。

それから、父さんは男の子にきいた。

「これでいいかな？」

男の子は、子犬をそっとその棺《ひつぎ》の中に入れて言った。

「なんだか寒そうだよ」

「ビンティ、わたしのきれいなハンカチを一枚《まい》持っておいで」

洗濯《せんたく》はジュニがするが、たたんだりしまったりするのはビンティの役目だったので、父さんのハンカチがどこにあるかはわかっていた。ビンティがハンカチを持ってくると、父さんはそれで子犬をくるみ、小さなふたを棺《ひつぎ》にかぶせた。

「いくらですか？」男の子がたずねた。

「お金を持ってるのかい？」

男の子は首を横にふった。

「持ってるとは思ってなかったよ。今日はこれを持って帰りなさい。明日になったら、ここに来て作業場を片《かた》づける手伝《てつだ》いをしておくれ。わたしがきみの手伝《てつだ》いをしてあげたんだから、次はきみが手伝《てつだ》ってくれる番だ。それでどうかな？」

男の子はおごそかな表情《ひょうじょう》でうなずくと、父さんと握手《あくしゅ》した。それから両手で小さな棺《ひつぎ》をかかえると、庭を出ていった。ビンティと父さんは、その後《うし》ろ姿《すがた》を見送った。

「明日になったら、あの子、忘《わす》れちゃうんじゃない？」ビンティはきいた。

「いや。きっと来るよ。とり決めをしたんだからな」

「死んだ動物の棺《ひつぎ》をただでつくってもらえるとなれば、ほかの子も来るようになるわよ」

ビンティが言った。「ゴミの山から死んだネズミを引っぱり出して、ペットだってことにするかもしれないでしょ。そしてただで木箱をもらったら、ネズミはポイと捨《す》てちゃうのかも」

「ペット用の棺《ひつぎ》をいくつか無料《むりょう》でつくったからって、どうってことないさ。そのペットがばかでかくないかぎりはな。カバだと無理《むり》だろうな」

ビンティはクスクス笑《わら》った。カバはマラウイ湖で見たことがある。何年も前にモンキー・ベイに暮《く》らすおじさんに会いに行ったときだった。大きくて、おかしな顔で、機嫌《きげん》の悪い動物だった。あんなのをペットにしたら、ひどいことになるだろう。

「ゾウもだめよね」

「キリンもだめだな！　キリンの棺《ひつぎ》をつくるとなると、どんな形になるのやら」

父さんは指で宙《ちゅう》に線を引いた。二人は、おなかをかかえて笑《わら》った。

そこへ、小型《こがた》トラックが到着《とうちゃく》した。荷台には死者を悼《いた》んで、泣《な》いたりうたったりしている女の人たちがいっぱい乗っていた。さあ、笑《わら》うのはおしまいにして、仕事に戻《もど》らなければ。

3 セント・ピーターズ女子校

それから数週間たったある日、学校に行く途中《とちゅう》でビンティがジュニにきいた。

「どうして今朝は機嫌《きげん》が悪いの？」

ビンティが目をさましてからずっと、ジュニはしかめっ面《つら》をして、父さんにつっかかってばかりいた。父さんは、気づいていたのかもしれないが、知らんぷりをしていた。ビンティとクワシはおもしろがって見ているだけだったから、ジュニの機嫌《きげん》はいっこうに直らなかった。

ビンティとジュニは、ほとんど言葉もかわさないで学校への道を歩いていった。二人ともかっちりした制服《せいふく》を着ているのに、ジュニのほうは優雅《ゆうが》でおしゃれに見える。何を着ても、そうなのだ。どこに秘訣《ひけつ》があるのか、ビンティにはわからなかった。

「いったい何を怒《おこ》ってるの？」ビンティがまたきいた。

今度はジュニも、話す気になったらしい。

「朝早く起きて、帳簿《ちょうぼ》をつけてたのよ」

ジュニは、お店の帳簿《ちょうぼ》をつけている。ときには、練習だと言ってビンティにも手伝《てつだ》わせる。ジュニが結婚《けっこん》したら、ビンティがやらなくてはならないからだ。

「何かまずいことでもあったの？」

「お金がもっとあるはずなのに、わずかしか残《のこ》ってないの。先月入ってきたお金のほとんどを、バンボはいとこたちにあげちゃったのよ」

ビンティは何も言わなかった。話の先がわかっていたからだ。

「少し余裕《よゆう》ができると、すぐにいとこたちに送っちゃうんだから。いとこも家族だってことはわかるけど、どうしてそんなにお金がいるのかしら？」

ビンティはまだ何も言わなかった。

「今朝ご飯《はん》をつくってるときに、そのことをバンボにきいたの」ジュニは言った。

「そしたら？」

「そしたら、いつもと同じことを言われたわ。『おまえのお皿には食べ物がのってるんじゃないのか？　おまえには住む家があるんじゃないのか？』ってね。でも、それだけでいいわけないのよ。そのうち、バンボにはっきり言うわ。人生は、ただ食べたり眠《ねむ》ったりするだけのものじゃないってね。将来《しょうらい》のことも考えなくちゃならないし、先の計画も立てなくちゃならないんだもの」

「何か必要《ひつよう》なものがあるの？」ビンティはたずねた。「お金なら、あたしにもあるから」

「あんたが大スターだって話は、もううんざり。それに、これはあんたには関係《かんけい》ないんだから」

「あたしはただ……」

「あんたはまだ子どもよ。今日がすばらしければ、明日もすばらしいだろうって思ってるんでしょ。でも、いつもそうとはかぎらないのよ。うまくいかなくなったり、病気になったりすることもあるの。そういうときの備《そな》えも考えておくべきなのよ。貯金《ちょきん》しとくべきだわ。ビジネスの授業《じゅぎょう》でちゃんとそう習ったのに、父さんは余《あま》ったお金はみんなあげちゃうんだから。家族、家族って言うけど、わたしたちだって家族なのに」

「うまくいかなくなるって？」

「あんたって、ほんとに子どもよね！」

ジュニが足を速めたので、ビンティは追いつこうとした。でも、ジュニは言った。

「離《はな》れてよ！　ついてきたら、ただじゃおかないわよ」

ジュニは腹《はら》を立てたままずんずん歩いて、ビンティをはるか後ろにおき去りにした。

ジュニはいつも、「ただじゃおかないわよ」と言ってビンティを脅《おど》す。それを聞くたびにビンティはむっとなった。ジュニはことあるごとにこうやって偉《えら》そうに命令《めいれい》するのだ。

今朝だって学校に出かけるとき、「セーターを着ていきなさい」とビンティに命令《めいれい》した。そして「もうチペロニの季節《きせつ》なんだからね」とつけ加《くわ》えた。チペロニというのは、マラウイでは冬にあたる六月、七月、八月に吹《ふ》く寒風のことだ。ビンティだって、もう冬だということくらい知っていたし、紺色《こんいろ》のスカート、白いブラウス、紺色《こんいろ》のブレザーという制服《せいふく》に合う薄《うす》いブルーのセーターは気に入ってもいた。じっさい、ジュニが命令《めいれい》さえしなければ、自分からセーターをとりにいくつもりだったのだ。

ビンティが出鼻をくじかれてふくれっ面《つら》をしていると、ジュニは重ねて言った。

「嫌《いや》ならいいのよ。風邪《かぜ》ひいて声がかれて、ラジオに出られなくなっても知らないからね」

それを聞くと、ビンティはジュニをにらみつけ、ドアをバタンと閉《し》めて出てきてしまった。

ほんとうは、強情《ごうじょう》を張《は》らないでセーターをとってくればよかったのだが、ビンティにも意地があった。でも、学校の朝礼で舞台《ぶたい》にあがったビンティは、寒さにふるえながら後《こう》悔《かい》していた。

校長のチントゥ先生は、演壇《えんだん》にあがってくると、「おはよう、みなさん」とあいさつした。

「おはようございます、校長先生」ビンティたち監督生《かんとくせい》の生徒《せいと》は立ちあがり、昔風にひざを曲げてお辞儀《じぎ》をした。

監督生《かんとくせい》というのは、選《えら》ばれて学校の秩序《ちつじょ》を守る役目をする生徒《せいと》のことだ。朝礼のときには、講堂《こうどう》の巡回《じゅんかい》当番にあたっている者をのぞき、監督生《かんとくせい》全員が舞台《ぶたい》にあがるようチントゥ校長は指示《しじ》していた。

チントゥ校長は、ビンティの前まで来ると足を止めてきいた。

「どうしてふるえてるの？　マラリア（カが媒介《ばいかい》する伝染病《でんせんびょう》）ですか？」

「チペロニのせいです」ビンティは答えた。

チントゥ校長の顔から同情《どうじょう》が消えた。

「セーターを着てくるべきでしたね。事務室《じむしつ》の衣料箱《いりょうばこ》からセーターを借《か》りなさい。ふるえてちゃ、授業《じゅぎょう》に身が入りませんからね」

ビンティは、衣料箱《いりょうばこ》になどさわりたくもなかった。その箱には、奨学金《しょうがくきん》をもらっている生徒《せいと》たちのために、裕福《ゆうふく》な生徒《せいと》の親や英国人《えいこくじん》が寄付《きふ》した服が入っている。制服《せいふく》ではないので、チャリティーのセーターを着るとムズング（白人）みたいに目立ってしまう。でも、校長先生に言われたのでは逆《さか》らえない。それに、チントゥ校長はあとでビンティのクラスを見に来て、ちゃんと着ているかどうかチェックするはずだ。

「はい、校長先生」ビンティは言った。

セント・ピーターズ校は、ブランタイアでは最高《さいこう》の女子校の一つだった。歴史《れきし》も古く、もともとはスコットランドからマラウイに宣教《せんきょう》にやってきた教会が建《た》てた学校で、最近《さいきん》になるまで長い間校長も白人が務《つと》めていた。歴代《れきだい》の校長先生の肖像《しょうぞう》写真は、玄関《げんかん》ホールにかかっているが、みんな大まじめで厳格《げんかく》そうな顔をしている。

セント・ピーターズ校は有料《ゆうりょう》の私立《しりつ》学校だったので、ビンティの父さんは授業料《じゅぎょうりょう》や制服《せいふく》代《だい》や教科書代を支払《しはら》わなければならなかった。でも、お金が払《はら》えたとしても、成績《せいせき》がよくないと入学が許可《きょか》されなかった。クワシは、私立《しりつ》の男子校セント・マークスに通っている。セント・ピーターズ校は、八年生までの初等部《しょとうぶ》と、その上の四年間を教育する中等部に分かれていた。「近くにセント・ピーターズがあって、おまえたちは運がいいよ」と、父さんはいつも言っている。「でないと、ジュニは遠い場所にある中等学校へ行かなくちゃならなかったんだからね」

そのほうがせいせいするのに、と思うこともある。マラウイの中等学校は、進学する者が少ないし、遠くから生徒《せいと》がやってくるので、ほとんどが寄宿制《きしゅくせい》になっている。でも、ジュニが遠くの寄宿《きしゅく》学校へ行かなければならないとすれば、いずれビンティ自身もそうなるということだ。ビンティは今の状態《じょうたい》が気に入っていたので、やっぱりそれは嫌《いや》だった。

セント・ピーターズ校に通っていることもビンティの自慢《じまん》の一つで、「ストーリー・タイム」の台本と同じように、制服姿《せいふくすがた》もみんなに見てもらいたいと思っていた。

セント・ピーターズ校では、朝礼が毎日ある。朝礼は、賛美歌《さんびか》とお祈《いの》りで始まり、校歌をうたって終わる。その間に、いろいろな発表や報告《ほうこく》がある。たとえば生徒《せいと》のだれかがとてもいい作文を書いたり、数学の成績《せいせき》が大いにあがったりすると、壇上《だんじょう》にあがってみんなの拍手《はくしゅ》を受ける。聖歌隊《せいかたい》が、練習をつづけてきた新しい歌を披露《ひろう》することもあるし、楽器《がっき》を習っている生徒《せいと》が演奏《えんそう》を披露《ひろう》することもある。監督生《かんとくせい》の代表も、毎週一回生徒《せいと》たちのマナーについて報告《ほうこく》を行う。

今日は、アンチ・エイズ・クラブが劇《げき》を上演《じょうえん》した。自分たちで台本を書いた寸劇《すんげき》で、勉強よりボーイフレンドとのつき合いが大事だと考えた女の子が主人公だった。その子は学校を辞《や》め、けっきょくはエイズにかかってしまう。劇《げき》の終わりでは、出演者《しゅつえんしゃ》が観客《かんきゃく》のほうを向き、声を合わせてさけんだ。

「バージン・パワー！　バージン・プライド！　ストップ・エイズ・ナウ！」

劇《げき》はなかなかいい出来で、さかんな拍手《はくしゅ》がわき起こった。ビンティも興奮《こうふん》して拍手《はくしゅ》しているうちに、寒さを忘《わす》れた。

劇《げき》が終わると、生徒《せいと》会長が、部活の集まりなどの連絡事項《れんらくじこう》を伝《つた》え、その次はビンティが立ちあがって、初等部《しょとうぶ》の監督生《かんとくせい》の報告《ほうこく》を読みあげた。

「初等部《しょとうぶ》の監督生《かんとくせい》代表は、マラリアで休んでいます。それであたしがかわりに発表します」

自分の声が講堂《こうどう》にひびくのは心地《ここち》よかった。マイクでしゃべるのがじょうずだということに、みんなが気づいてくれればいいのだけれど。みんなが感心すれば、代表が元気なときでも、報告《ほうこく》を読みあげるようたのまれるかもしれない。

ビンティは代表が書いたメモを読みあげた。

「初等部《しょとうぶ》の廊下《ろうか》が最近騒《さいきんさわ》がしくなってきています。授業中《じゅぎょうちゅう》なのに廊下《ろうか》でしゃべっている生徒《せいと》がいると、先生方が嘆《なげ》いています。授業中《じゅぎょうちゅう》は静《しず》かにしましょう」

ビンティはそこでいったん言葉を切った。ディレクターが言うところの「効果的《こうかてき》な間」をねらったのだ。

「それから運動場にまたお菓子《かし》の包《つつ》み紙《がみ》が落ちていました。このままつづくようなら、学校にお菓子《かし》を持ってくるのは禁止《きんし》されてしまいます」

最後《さいご》に、廊下《ろうか》を走らないようにという注意を述《の》べてから、ビンティは自分の席《せき》に戻《もど》った。

「どうして途中《とちゅう》で読むのをやめたの？」生徒《せいと》会長が小声でたずねた。「どこを読んでるか、わからなくなったの？　この次は、指で文章をたどりながら読むといいわよ」

ビンティは、穴《あな》があったら入りたくなった。

朝礼が終わって廊下《ろうか》に出ていく途中《とちゅう》、同じ組のグリニスが、からかうような調子で言った。

「あーら、たいへん、お菓子《かし》の包《つつ》み紙《がみ》が落ちちゃった。重大な罪《つみ》だっていうのにさ」

ビンティは思わずふり返ったが、後ろの生徒《せいと》たちは無邪気《むじゃき》そうな笑顔《えがお》を見せているだけだった。ビンティがまた前を向くと、クスクス笑《わら》う声が聞こえてきた。

「ラジオに出てるからって、あの子、自分が偉《えら》いと思ってるのよ」グリニスが言った。

「あたしが出れば、もっとじょうずにやれるのにさ」

今度は聞こえないふりをしたが、ビンティはギクッとしていた。まさか！　意地悪でパッとしないグリニスに、ビンティのかわりができるだって？　うんざりしてむかついたが、やがて考え直した。グリニスは読むのがへたくそだ。読むのがじょうずでないとラジオドラマには出られないから、グリニスにはとうてい無理《むり》なのだ。

ドラマには、ときどきほかの子役も必要《ひつよう》になったが、ビンティはそのことを学校の友だちには言わないようにしていた。ラジオドラマはビンティだけのもので、ほかの生徒《せいと》と分け合うつもりはなかったのだ。

ビンティは、衣料箱《いりょうばこ》からセーターをとると、教室へと急いだ。

4
棺《ひつぎ》の底《そこ》の小鳥の絵

「お父さんは、どこにいるんだ？」

その日、ビンティが学校から帰ってくると、待っていたお客さんが怒《おこ》った声で言った。

「さあ。遠くには行ってないと思いますけど。なんでしょうか？」ビンティが言った。

「昨日《きのう》、棺《ひつぎ》を注文《ちゅうもん》しといたんだ。今すぐその棺《ひつぎ》が必要《ひつよう》なんだよ。もう葬儀《そうぎ》が始まるんだからな」

ビンティは、父さんの帳簿《ちょうぼ》がどこにあるか知っていた。

「お名前を教えてもらえますか？」

腹《はら》を立てている男の人は、名前を言ってからつけ加《くわ》えた。

「しかも、前払《まえばら》いしといたんだぞ」

ビンティは帳簿《ちょうぼ》にその名前が載《の》っているのを見つけた。チェック印《じるし》もついている。ということは、棺《ひつぎ》はできあがっているということだ。

「こっちにおいてあります」

ビンティはそう言うと、完成《かんせい》した棺《ひつぎ》が積《つ》んであるところへとお客さんを案内《あんない》した。ついている札《ふだ》を調べて言われた品を見つけると、お客さんは、いっしょに来ていた男の人たちとその棺《ひつぎ》をかついで出ていった。

それを見送ってからビンティは小さな家の中に入った。

父さんは家にいた。ベッドで寝《ね》ていたのだ。

ビンティは寝《ね》ている父さんに毛布《もうふ》をかけると、寝室《しんしつ》のドアを閉《し》めた。それから、学校の制服《せいふく》をぬいで、古いスカートとシャツとセーターに着替《きが》え、ヤカンを火にかけた。お湯がわくころには、父さんが目をさますといいな、と思いながら、制服《せいふく》のブラウスを水洗《みずあら》いした。洗《あら》っていない制服《せいふく》を着ていると、チントゥ校長は、校庭の反対側《はんたいがわ》からでも見つけだすのだ。

お湯がわいても、父さんは目をさまさなかったので、自分の分だけお茶をいれ、外に持って出た。そのお茶が少しさめるのを待つ間に、ほうきで庭をはいていると、またお客さんがやってきた。

ビンティは、さらに二つの棺《ひつぎ》を引きわたし、代金を受けとった。そこへクワシが学校から帰ってきた。

「バンボは？」クワシがきいた。

「眠《ねむ》ってるの」

「昼間から？　また具合が悪くなったのかな？」

「あたしが帰ってきたときは、もう眠《ねむ》ってたの。疲《つか》れたんじゃないかな」

クワシはお茶が入ったカップを見つけて、一口すすった。

「うわっ、さめてるよ」

「しかも、あたしのお茶よ」ビンティは言った。「いれたの、忘《わす》れちゃってた」

クワシはお茶を飲みほすと家の中に入って着替《きが》え、ビンティは掃除《そうじ》をつづけた。ジュニの試験《しけん》はまだ何か月も先だったが、特別授業《とくべつじゅぎょう》や補習《ほしゅう》があって遅《おそ》くまで学校にいる。でも、もうそろそろ帰ってきて、バンボを起こすだろう。

ビンティはもう一度お茶をいれ、クワシは通りに出ている屋台に、夕《ゆう》ご飯《はん》のゆで卵《たまご》と揚《あ》げたジャガイモを買いにいった。クワシが戻《もど》ってくるのと前後して、ジュニも戻《もど》ってきた。

ジュニはビンティとクワシをわけもなくにらむと、テーブルの上に教科書をおき、「新しいお茶をいれて」と言いおいてから、父さんのようすを見にいった。

クワシが石油ストーブをつけてヤカンをかけると、ジュニが父さんの部屋から出てきた。

「バンボは熱《ねつ》があるわ」

ジュニは、クワシに父さんの熱《ねつ》をさげるために体をスポンジでぬぐうように言いつけると、また言った。

「水分をたくさんとってもらわないと」

「お薬は？」と、ビンティがたずねた。

「前のがまだ残《のこ》ってるわ」ジュニは言うと、いすに腰《こし》をおろし、両手で頭をかかえた。

ジュニが元気をとり戻《もど》して新たな命令《めいれい》をくだす前に、顔に不安《ふあん》そうな表情《ひょうじょう》がうかんだのを見たビンティは、今は口答えしないことにした。

ビンティもほかの二人も宿題にとりかかると、家の中は静《しず》かになった。その静《しず》けさを破《やぶ》るように、となりの部屋から父さんの咳《せき》がひびいた。ときどき、だれかが立ちあがって父さんの寝室《しんしつ》へ行き、お茶を飲ませた。

「このところずっと、バンボの具合はよかったのにね」計算の宿題に集中することができないでいたビンティが言った。「この前具合が悪かったのは、イースター（イエス・キリストの復活《ふっかつ》を祝《いわ》うお祭り。毎年たいてい、四月上旬《じょうじゅん》に行われる）の前だったよね」

「バンボは病気が治《なお》らないのに、働《はたら》きつづけていただけよ」ジュニが言った。

ジュニは化学の宿題をするふりもやめて、上《うわ》の空《そら》でウエディングドレスを描《か》いていた。ジュニはもう二年間もウエディングドレスを描《か》きつづけている。最新版《さいしんばん》は、高い襟《えり》と長いそでがついたドレスで、たっぷりとしたケープがついている。

「でも、イースターのあとは、わりと元気だったじゃない」

「どうしてそんなことわかるの？　あんたは、ラジオドラマのことしか考えてなかったくせに。急に偉《えら》くなったみたいな顔してさ」ジュニが言い返した。

クワシが英語《えいご》の教科書をパタンと閉《と》じて、外に出ていった。口げんかを聞かされるのが嫌《いや》なのだ。ビンティはそれを見て、自分もクワシみたいに黙《だま》っていられたらいいのに、と思った。でも、心ではそう思っても、口は勝手に動いてしまう。

「姉さんは、まぬけな結婚式《けっこんしき》のことしか考えてないくせに。聞くたびにどんどん派手《はで》になってくじゃないの。バンボは、そのお金をかせぐために働《はたら》きすぎて病気になったのよ、きっと」

「大スターのおじょうさんに言っときますけどね、わたしは学校を卒業《そつぎょう》したら働《はたら》いて、結婚式《けっこんしき》の費用《ひよう》は自分でかせぐつもりよ。ノエルとわたしで払《はら》うのよ。それが今風のやり方だし、役立たずですねかじりの子どもがいっぱいいる場合はなおさらよ」

「役立たず？　あたしはお金を家に入れてるのよ。まだ十三歳《さい》なのに！」

「わたしは、十三歳《さい》のときから、あんたとクワシの世話をして、家事もこなしてきたのよ。もう三年間もよ」

口げんかはだんだんエスカレートして声が大きくなり、手でテーブルをドンドンたたく音もひびいた。ビンティはもう、自分が何を言っているのかも、何を言《い》い争《あらそ》っているのかも、わからなくなっていた。

二人を黙《だま》らせたのは、戸口に現《あらわ》れた父さんだった。

「頭がずきずきするよ」父さんはおだやかな声で言った。

ビンティは言いかけていた言葉をのみこんだ。父さんはすっかりやせて、灰色《はいいろ》の幽霊《ゆうれい》みたいに見えた。

「お薬を持ってくるわ」ジュニが言った。

ビンティは、父さんをベッドに連《つ》れ戻《もど》した。父さんの体は、ほてっているのにぶるぶるふるえている。もう一枚毛布《まいもうふ》を出してきて父さんにかけたものの、次にどうしていいかわからず、ビンティはベッドのわきに立ちつくしていた。

「どいてよ」声が聞こえ、ジュニが頭痛薬《ずつうやく》と水を持って入ってきた。

ビンティはよけてジュニを通すと、庭に出ていった。クワシが庭にいるのはわかっていたからだ。クワシなら、いっしょにいてもずっと気が楽だ。

クワシは棺《ひつぎ》に色を塗《ぬ》っていた。その顔にはまだ不安《ふあん》も残《のこ》っていたが、絵を描《か》くときはいつもそうなるように、夢《ゆめ》見るような表情《ひょうじょう》になっていた。

父さんが売るほとんどの棺《ひつぎ》は、むきだしの木のままで、色は塗《ぬ》られていない。

「うちのお客さんたちは、お金持ちじゃないからな。でも、善良《ぜんりょう》な人たちだから、こっちもせいいっぱいのことをしてあげよう」と、父さんは言っていた。棺《ひつぎ》に色はついていなくても、表面がなめらかでさわり心地《ごこち》がいいように、紙やすりをかけてあった。

父さんは、注文仕事《ちゅうもんしごと》の合間に時間ができると、さまざまな大きさの予備《よび》の棺《ひつぎ》をこしらえていた。その場ですぐ棺《ひつぎ》が必要《ひつよう》になる人もいるからだ。「ヘブン・ショップ」の物置《ものお》きには、いつも予備《よび》の棺《ひつぎ》がおいてある。

「急な注文《ちゅうもん》にも応《おう》じられるようにしておかないとな。そうすれば、お客さんはまた来てくれるし、ほかの人にも評判《ひょうばん》を伝《つた》えてくれるんだよ」

クワシは、その予備《よび》の棺《ひつぎ》のいくつかに色を塗《ぬ》っていたのだ。少しだけ余分《よぶん》にお金を出せば、青か緑に塗《ぬ》った棺《ひつぎ》が買えるというわけだ。もっとお金のある人は、クワシが得意《とくい》な鳥のもようを描《か》いた棺《ひつぎ》を買うこともできる。

ビンティは絵を描《か》いたり、もようをつけたりすることはできなかったが、色を塗《ぬ》ることならできた。そこで刷毛《はけ》を出してくると、青いペンキの缶《かん》をあけ、赤ちゃん用の小さな棺《ひつぎ》を作業台にのせた。

「待てよ」クワシはそう言うと、ポケットからペンをとり出し、棺《ひつぎ》の底《そこ》に小さな鳥の絵を描《か》いた。「さあ、塗《ぬ》っていいぞ」

「どうしていつも底《そこ》に鳥の絵を描《か》くの？　上から色を塗《ぬ》っちゃったら見えないのに」

「鳥は、赤ちゃんが早く天国に着くように助けてくれるんだよ」クワシが言った。

ビンティは刷毛《はけ》にペンキをつけると、棺《ひつぎ》の板をゆっくりとなめらかに塗《ぬ》っていった。塗《ぬ》りながら、この棺《ひつぎ》にそっと入れられて、冷《つめ》たいお墓《はか》から守られる赤ちゃんのことを考えた。そして鳥たちがその赤ちゃんをのせて舞《ま》いあがり、木々《きぎ》の梢《こずえ》の向こうの青い空に飛《と》んでいくところを思《おも》いうかべた。その空の青さは、今塗《ぬ》っているペンキよりもっと青いのだ。

ビンティと兄のクワシは、二人並《なら》んで色を塗《ぬ》る仕事をつづけた。ときどき父さんの咳《せき》がペンキを塗《ぬ》る刷毛《はけ》の音に混《ま》じって聞こえてくるが、咳《せき》がおさまるとまた静《しず》かになるのだった。

5 ディナー・パーティ

「お集まりのみなさん、それでは『ゴゴの家族』の出演者《しゅつえんしゃ》をご紹介《しょうかい》しましょう」

ビンティは、ほかの出演者《しゅつえんしゃ》といっしょにステージのそでの客席《きゃくせき》からは見えないところに立ち、ディレクターのワジルさんに名前を呼《よ》ばれるのを待っていた。なんだかどきどきする。

マウント・ソチェ・ホテルは、この夜ラジオのスタジオに変《か》わっていた。事前の打ち合わせのとき、ワジルさんはみんなに伝《つた》えていた。

「特別《とくべつ》な夜になるぞ。『ストーリー・タイム』は半年間つづいてきたから、この辺《へん》でパーティを開いて盛《も》りあげるんだ。みんなドレスアップをしてくるように。この番組はマラウイの文化をになっているわけだから、マラウイの服を着るのがいいな」

ビンティには、ステージで話しているワジルさんは見えなかったが、今日は黄色と青とオレンジのシャツを着ているはずだ。出演者《しゅつえんしゃ》はみんなアフリカの伝統的《でんとうてき》な衣装《いしょう》を身にまとっていた。ビンティも、チテンジ（あざやかな色に染《そ》めた布《ぬの》）でつくったワンピースを着ている。観客《かんきゃく》の多くも伝統的《でんとうてき》な服を着ているので、そこらじゅうに色あざやかな楽しい花が咲《さ》いているようだった。

偉《えら》い人もたくさん来ていた。ワジルさんは話をつづけた。

「この中には資金《しきん》を提供《ていきょう》してくださった方もいらっしゃいます。またこれから資金《しきん》をご提供《ていきょう》くださる方もいらっしゃるでしょう」

観客《かんきゃく》の中には、マラウイの首都リロングウェからやってきた外国人外交官《がいこうかん》も交《ま》じっていた。それに、何よりうれしいことにビンティの家族も来ているのだ。

「さっき話してたのは、お父さん？」スチュアートが小声できいた。ビンティの横に立って、同じように名前を呼《よ》ばれるのを待っている。

「ええ、そうよ。静《しず》かにね」ビンティも小声で答えた。

「お父さんは、スリム病だよね。ぼくのおじさんもそうだったんだ。同じように見えるよ」

スリム病というのは、エイズの別名《べつめい》だった。

ビンティは、スチュアートの胸《むね》をこづいた。

「何言ってんの、ばかね！」

「よせよ！」スチュアートが抗議《こうぎ》した。ワジルさんがマイクでしゃべっていなかったら観《かん》客《きゃく》にも聞こえるほど大きな声だった。

ゴゴ役の女の人がビンティの腕《うで》をつかんで引《ひ》き寄《よ》せた。

「おちつきなさいよ。もうすぐ出番なんだからね。ケンカしてるところを見せたいわけ？」

ビンティは自分をとり戻《もど》し、「ストーリー・タイム」の録音時《ろくおんじ》に教わったことを思い出して、深呼吸《しんこきゅう》した。

ディレクターのワジルさんは、最初《さいしょ》に端役《はやく》の人たちを紹介《しょうかい》した。スチュアートもそのひとりだった。次に、レギュラー出演者《しゅつえんしゃ》が紹介《しょうかい》された。ビンティは自分の名前が呼《よ》ばれるのを待っていたが、ほかの出演者《しゅつえんしゃ》が次々《つぎつぎ》に出ていって、やがて残《のこ》ったのは自分とゴゴ役の女の人だけになってしまった。

「少女ケティ役の、ビンティ・ピリ！」

拍手《はくしゅ》の音がとつぜん大きくなった。ビンティはステージに飛《と》び出《だ》していった。（元気いっぱいなところを見せるようにと、リハーサルで言われていたからだ）観客《かんきゃく》に手をふる。テーブルの一つを囲《かこ》んでいるビンティの家族も拍手《はくしゅ》をしている。もし父さんがエイズだったら、あんなふうに拍手《はくしゅ》できるはずないわよ、スチュアートは、ほんとにばかなんだから、とビンティは思った。

もちろん、いちばん大きな拍手《はくしゅ》をあびたのは、ゴゴだった。祖母役《そぼやく》の女の人が、ステージに出てきて、ほかの出演者《しゅつえんしゃ》と並《なら》んだ。

それから出演者《しゅつえんしゃ》全員が手をつないで一列に並《なら》び、いっしょにお辞儀《じぎ》をした。あいさつが終わると、みんな決められていた位置《いち》についた。

「スタジオにいるときと同じように、テープに録音《ろくおん》するんだ」と、ワジルさんはあらかじめみんなに言ってあった。「だが、まちがっても心配いらない。放送前にやり直して編集《へんしゅう》するからな」

ビンティは、観客《かんきゃく》の前では、それにスチュアートの前では、絶対《ぜったい》にまちがわないと心に決めていた。

オープニングの音楽が流れてきた。ワジルさんは英語《えいご》で指示《しじ》を出したが、ドラマは、いつもどおり大部分のマラウイ人が話すチェワ語で行われた。居心地《いごこち》のよいスタジオではなく、大勢《おおぜい》が見ている前での公開録音《ろくおん》は、だれにとっても初《はじ》めてのことだった。そのせいか多くの出演者《しゅつえんしゃ》がまちがえた。台詞《せりふ》を言いまちがえたり、自分の出番をまちがえたりした。

ビンティは、自分が一つもまちがえていないことに、観客《かんきゃく》たちが気づいてくれればいいと思っていた。うまくいけば、そのうちもっと大きな役をもらえるかもしれないし、もしかしたらテレビにだって出られるようになるかもしれないのだ。

ところが、有名になる期待に胸《むね》をふくらませすぎたせいか、次の出番のきっかけを逃《のが》してしまった。そこで夢《ゆめ》を見るのをやめて、ドラマに集中することにした。それからは、ビンティは一度もまちがえなかった。

＊

「ワジルさん、あたしの家族はご存《ぞん》じですよね？」公開録音《ろくおん》につづくディナー・パーティで、ビンティのテーブルにもあいさつにやってきたディレクターに、ビンティはきいた。

「もちろんだよ。こんばんはピリさん」ワジルさんは父さんの手をにぎった。「それにジュニさんとクワシくんだったね。クワシくん、きみが描《か》いてくれた絵は、毎日ますます美しくなっていくように見えるよ」

クワシは何も言わず、恥《は》ずかしそうに口の端《はし》を少し曲げてほほえむと、自分のお皿に目を落とした。

ワジルさんはいすを引いてきて、ビンティと父さんの間に腰《こし》をおろした。健康《けんこう》そうで威《い》勢《せい》のいいワジルさんと並《なら》ぶと、父さんはひどくやせて見えた。

「びっくりさせることがあるんだよ」ワジルさんはビンティに言うと、「ユース・タイムズ」を手わたした。「今月号にインタビューが載《の》ってるよ。五面だ」それからワジルさんは父さんに言った。「ビンティがうぬぼれないように、家ではいっぱい手伝《てつだ》わせてくださいよ」

「もう遅《おそ》すぎるわ」と、ジュニが言った。

ビンティは顔をしかめたが、ほかの者たちは笑《わら》った。

「心配はご無用《むよう》です。わたしは、この子たちをこき使ってますから」父さんが言った。

ビンティは、新聞を広げてみた。マイクの前に立つ自分の写真が載《の》っている。台詞《せりふ》を言っているふりをしているところだ。ビンティは、スター歌手か大臣《だいじん》にでもなったような気がした。

「この新聞は、何人くらいの人が読んでるんですか?」ビンティはきいた。

「いい写真だね」父さんが言った。「記事のほうは、あとで読むことにしよう。ここは照《しょう》明《めい》が暗すぎるからな」

「わたしはもう読みました」ワジルさんが言った。「よく書けてますよ。最近《さいきん》は、喜《よろこ》ばしいことにマラウイにも若《わか》いジャーナリストが育ってきましたな」

おとなの話題はサッカーに移《うつ》っていき、ビンティは目の前の料理《りょうり》に注意を向けた。家は居心地《いごこち》がいいけれど、ホテルも悪くない。今日のようなぜいたくが毎日できるなら、どんなにすばらしいだろう! ビンティはとても気分がよくなったので、いつもケンカばかりしているジュニに言った。

「それ、新しいドレスでしょ? よく似合《にあ》ってるね」

姉が着ているのは、古着屋で見つけてきた何着かの悪趣味《あくしゅみ》な服から、使えそうなところを切りとって縫《ぬ》い合《あ》わせたものだった。

ジュニは、思いがけなくほめられてびっくりしたみたいだった。ビンティが食事をつづけながらちらちら見ていると、ジュニは壁《かべ》の鏡《かがみ》に自分の姿《すがた》を映《うつ》して、襟《えり》を直しながらほほえんでいた。

*

ワジルさんと父さんの会話はサッカーから政治《せいじ》に移《うつ》っていた。しばらくすると、ワジルさんは立ちあがってもう一度父さんと握手《あくしゅ》した。そして「ちょっとビンティをお借《か》りしてもいいですかな？」と父さんにたずねた。

「もちろんです」

ビンティは会場の隅《すみ》までワジルさんについていった。するとワジルさんは、かがみこんでこうささやいた。

「お父さんを連《つ》れて帰りなさい」

ビンティにはわけがわからなかった。

「お父さんは重い病気だ。家に戻《もど》してさしあげなさい」

ビンティはパーティをもっと楽しんでいたかった。スチュアートが正しかったと思いたくはない。

「病気だったけど、今はよくなったんです。よくなったって、自分でも言ってるんです」

「きみのためにそう言ってくださってるんだよ。それは、きみへの思いやりだ。今度は、きみが思いやりを見せて、家までお連《つ》れしなさい。お父さんは帰りたくないとおっしゃるだろうが、きみは、自分が帰りたいんだと言いはるんだよ。そういう演技《えんぎ》ができるかね？」

ディレクターのワジルさんに逆《さか》らうわけにはいかない。

「わかりました」と、ビンティは答えた。

「きみならできるはずだ」と、ワジルさんは言った。

そう言われると、説得力《せっとくりょく》のある演技《えんぎ》をしなくてはならない。

「バンボ、あたし、とても疲《つか》れちゃった。もう家に帰ってもいいかしら？」

何度か帰りたいとくり返すうちに、ビンティの作戦《さくせん》が功《こう》を奏《そう》した。ビンティが家族とともにタクシーに乗りこむのを見ると、ワジルさんはウインクした。

タクシーの中の父さんは、ますます小さくなったような気がした。タクシーを降《お》りてからは、クワシとジュニが二人がかりで父さんを支《ささ》えなくてはならなかった。そして家に入ると、父さんはすぐベッドに寝《ね》てしまった。

ビンティたちは、よそ行きの服をぬいでふだん着に着替《きが》えた。ビンティがお茶をいれ、三人は台所のテーブルを囲《かこ》んですわった。

「くだらないパーティのせいで、バンボがくたびれはてちゃったじゃないの」ジュニが言った。

「そんなふうに言うなよ。バンボは行くしかなかったんだよ。ビンティのせいじゃないさ」クワシが言った。

「あんたたちは、いつも助け合うのよね」そう言うと、ジュニはお茶を持って部屋に入ってしまった。クワシは自分の寝場所《ねばしょ》であるソファにお茶を持っていき、ビンティだけがテーブルに残《のこ》った。

ビンティは「ユース・タイムズ」をとり出し、自分の写真とインタビューが載《の》っている面を開いた。そして写真の中の自分の顔にそっと指をふれた。家の中は静《しず》かになり、父さんの苦しそうな息づかいだけが聞こえていた。

6 バンボの病気

翌日《よくじつ》も、父さんの具合はよくならなかった。その次の日もだめだった。子どもたちは三人だけで教会に出かけた。父さんの病気のことを話すと、婦人会《ふじんかい》の人が食べ物を持ってお見舞《みま》いに来てくれた。ある晩《ばん》、牧師《ぼくし》さんがお見舞《みま》いに来てくれたこともある。けれども信《しん》徒《と》の中にも病人が大勢《おおぜい》いた。牧師《ぼくし》さんも、婦人会《ふじんかい》の人たちも、自分の家族の中に重い病人をかかえていた。だから、ビンティたちのめんどうばかりを見ているわけにもいかなかった。

ビンティたちは交代で学校を休み、父さんの看病《かんびょう》をし、店番をした。物置《ものお》きに積《つ》みあげてあった棺《ひつぎ》は、しだいに数が減《へ》っていった。クワシが新しいのをつくろうとしたが、板をむだにしただけだった。ビンティはなんとか赤ちゃん用の棺《ひつぎ》を一つこしらえてみたが、ゆがんでしまったし、つなぎ目がぴったり合わなくて、作業台から物置《ものお》きに運ぶ途中《とちゅう》で壊《こわ》れてしまった。父さんが楽々《らくらく》とやってきたことは、子どもたちにはまだ難《むずか》しすぎたのだ。新しいお客さんがやってきたが、手ぶらで帰っていった。それでもブランタイアには棺《ひつぎ》を売る店がいっぱいあるので、お客さんのほうはそう困《こま》らない。ビンティはツァカさんが恨《うら》めしかった。父さんのお客を横取りしてもうけているにちがいないからだ。

けれども、けっきょく救《すく》いの手をさしのべてくれたのは、ツァカさんだった。

その日、ビンティが学校を休んで留守番《るすばん》をしていると、ツァカさんがやってきて言った。

「うちに来たお客さんから、お父さんがご病気だと聞いてね。お目にかかれるかな？」

言い返す気力もなかったビンティは、ツァカさんを父さんの寝室《しんしつ》へ案内《あんない》した。

ツァカさんは、まるで父さんがいつものように作業台で仕事をしているかのように、ていねいにあいさつした。父さんも、せいいっぱいあいさつを返したが、いかにも弱々《よわよわ》しい声だった。

「お父さんの病気が重いことは、きみもわかってるんだろう？　どうして入院してないんだね？」庭に出てきたツァカさんが、ビンティにきいた。

ビンティがぎょっとしたような顔をしているのを見ると、ツァカさんは語調をやわらげた。

「お父さんは、私立《しりつ》病院に入るお金を持っておられるかな？」

ビンティは首を横にふった。

「お金は、みんないとこたちにあげちゃったんです」

「わたしにお金があれば、お父さんを私立《しりつ》病院に入れてあげたいところだが」と、ツァカさんは言った。「わたしは、お父さんのことが好《す》きでね。いい方だし、正直に商売をなさっている。しかし、わたしも店をやっていかなければならないからね。お父さんは、公立の病院に入院するしかないだろうな」

「どうやったら入院できるか、わからないんです」ビンティは泣《な》きそうになっていた。

「わたしが連《つ》れていってあげよう。毛布《もうふ》や、お父さんに必要《ひつよう》なものを用意しておきなさい。きみの荷物もまとめておくんだよ。お兄さんとお姉さんには、メモを残《のこ》しておくといい。わたしはすぐ戻《もど》ってくるからね」

ビンティは、ツァカさんに言われたとおりに準備《じゅんび》をした。毛布《もうふ》が必要《ひつよう》なのはわかるが、ほかには何がいるのだろう？　まだ頭痛薬《ずつうやく》が残《のこ》っていたはずだ。ビンティはそれもとってきた。

「洗濯《せんたく》してあるお父さんの服も持っていったほうがいい」戻《もど》ってきたツァカさんは言った。そしてかがみこむと、おだやかな声で父さんに話しかけた。ツァカさんが上体を起こしてくれたので、ビンティは父さんの肩《かた》を毛布《もうふ》でくるんだ。

「自分の荷物も持ったかい？」ツァカさんがたずねた。

「どうしてですか？」

「きみも病院に寝泊《ねと》まりして、お父さんの世話をしなくてはいけないんだよ。看護師《かんごし》が足りないからね。自分の毛布《もうふ》や、ほかにもいりそうなものがあれば用意しなさい。教科書も持っていくといい。勉強がおくれるのは、お父さんもお望《のぞ》みにはならないよ」

ビンティは自分のベッドから毛布《もうふ》をとって、くるくると丸めた。教科書の入った袋《ふくろ》を持ってきて、それに今週の「ゴゴの家族」の台本も入れた。あとは何を持っていけばいいのか、わからなかった。

ツァカさんは、毛布《もうふ》を小型《こがた》トラックの荷台にのせるようにと言った。

「きみが先に乗って、お父さんの頭を支《ささ》えるんだ」

父さんの骨《ほね》ばかりの体を毛布《もうふ》でくるんで、ツァカさんが大事そうに運んできた。子犬を運んできた小さな男の子みたいに。

ビンティはトラックの荷台に乗りこみ、サイドに背《せ》をもたせかけた。ツァカさんが父さんをかかえあげ、そっと毛布《もうふ》の上におろした。ビンティは父さんの頭をひざにのせ、父さんの体を毛布《もうふ》できっちりくるみこんだ。

ツァカさんが運転席《うんてんせき》に乗りこみ、トラックを発車させた。でこぼこ道では、ビンティは父さんがつらくならないように気をくばった。

病院は、ブランタイアの反対側《はんたいがわ》にあり、到着《とうちゃく》までに時間がかかった。途中《とちゅう》で「ストーリー・タイム」のラジオ局の前を通ったので、首をのばしてのぞいたが、知り合いの姿《すがた》は見えなかった。

トラックは、病院の裏手《うらて》に停《と》まった。

「急いでください！」ビンティは、父さんをかかえるツァカさんをせかして中央玄関《げんかん》を入っていった。廊下《ろうか》には大勢《おおぜい》の人が列をつくってすわりこんでいた。

「割《わ》りこみはだめだよ。こっちはもう長いこと待ってるんだからね」男の人が言った。その人がかかえている女の人は目をつぶったままだ。

「でも、あたしの父なんです。父が病気なんです」ビンティは言い返した。

「これは、おれの妻《つま》だよ。妻《つま》が病気なんだ」男の人はそう言うと、かかえている女の人の顔からハエを追《お》い払《はら》った。

ビンティたちは、列の後ろについた。ツァカさんが父さんの体をそっと床《ゆか》におろし、頭をビンティのひざにのせた。

「わたしはもう行かないと。お客さんが来るからね。あとにしてくれとお客さんにたのむわけにはいかないだろう?」

ビンティにも、お客さんが大事なことはわかっていたが、ツァカさんが行ってしまうと心細くなった。

「ここも看護師《かんごし》さんが足りないんだよ」ビンティの横にいた年配の女の人が言った。チテンジに赤ちゃんをくるんで抱《だ》いている。そのとなりに腰《こし》をおろしている若《わか》い女の人は、苦しそうに体を折《お》り曲《ま》げていた。

しゃべっている人はあまりいない。さらに多くの病人がやってきて、ビンティの列の反《はん》対側《たいがわ》にもう一つ列ができた。ときには、健康《けんこう》な人も入ってきた。その人たちは、背筋《せすじ》をのばして早足で堂々《どうどう》と歩いていく。三人の人が支《ささ》え合《あ》うようにしてゆっくりと出ていったあとで、駐車場《ちゅうしゃじょう》のほうから泣《な》き声《ごえ》が聞こえてきたこともあった。

「わたしの娘《むすめ》はＨＩＶ《エイチアイブイ》陽性者《ようせいしゃ》なんだよ。血の中に悪いものが入ってるんだね。お医者さんに悪い血をとってもらって、新しい血を入れてもらわないと」横にいた女の人が言った。

ビンティは若《わか》いほうの女の人をよく見てみた。父さんよりずっとずっと具合が悪そうだ。スチュアートは、スリム病のことなんて何も知らないくせにあんなことを言ったにちがいない。

やっと看護師《かんごし》がやってきた。その女性看護師《じょせいかんごし》は列に沿《そ》って進んでくると、患者《かんじゃ》の名前を書きとり、容態《ようだい》をチェックしていった。ビンティの父さんのところまで来ると、看護師《かんごし》は素早《すばや》く決断《けつだん》をくだした。

「この人を診察室《しんさつしつ》に運ぶのを手伝《てつだ》ってもらえませんか？」

列の中から二人の男の人が立ちあがった。その二人も病人にはちがいないが、父さんよりは元気そうだった。男の人たちは父さんをかかえあげ、看護師《かんごし》のあとについていった。ビンティも荷物をとりあげて、あとを追った。

父さんは、簡易《かんい》ベッドに寝《ね》かされた。ビンティはそばに立ち、父さんの手をにぎった。

女性医師《じょせいいし》は診察室《しんさつしつ》のほかの患者《かんじゃ》を診《み》て回《まわ》り、最後《さいご》に父さんのところへやってきた。

「相当悪そうね」医師《いし》はそう言うと、ビンティの肩《かた》に手をおいた。「診察《しんさつ》する間、あなたは廊下《ろうか》で待っててね」

「でも、エイズじゃないんです。何か別《べつ》の病気なんです。エイズだって言う人もいるんですけど、ちがうのはわかってるんです。だからその検査《けんさ》はしなくてだいじょうぶです」ビンティは言った。

「エイズじゃないのは確《たし》かなの？」医師《いし》は手を洗《あら》いながら言った。「この病院にやってくる人の八十パーセントはエイズなのよ。それなのにあなたは、お父さんは例外《れいがい》だって確信《かくしん》してるの？」医師《いし》は、血圧計《けつあつけい》のベルトを父さんの枯《か》れ枝《えだ》のような腕《うで》に回しながらきいた。

「この国の都市に住む人の三十パーセントはＨＩＶ《エイチアイブイ》陽性者《ようせいしゃ》で、マラウイのお役人も約《やく》半数が陽性者《ようせいしゃ》よ。保健衛生士《ほけんえいせいし》や教師《きょうし》もエイズでばたばた亡《な》くなっていて、職員補充《しょくいんほじゅう》が間に合わないほどなのよ」

医師《いし》はビンティの顔を見て、ため息をつき、演説《えんぜつ》をやめた。

「エイズ・ウイルスがいるかどうか、お父さんの血液《けつえき》を検査《けんさ》してみましょう」医師《いし》は今度はやさしい口調《くちょう》で言った。「この検査《けんさ》はみんなが受けるのよ。もしウイルスが見つかっても治《なお》すことはできないけど、今より楽になるお薬をあげられるわ。さあ、廊下《ろうか》で待っててね。きっとだいじょうぶよ」

きっとだいじょうぶなんて、どうして言えるのだろう？　ビンティは廊下《ろうか》に出て、壁《かべ》に寄《よ》りかかった。列に並《なら》んでいるほかの病人たちが、こっちを見ていた。父さんの診察《しんさつ》が早く終わって、自分たちの番がくればいいと思っているのだろう。ビンティはほかの人たちのほうは見ないで、足元に目を落としていた。

「さあ、入ってもいいですよ」

医師《いし》の声が聞こえた。医師《いし》は、びんに入った錠剤《じょうざい》をビンティにわたしてくれた。

「お父さんは肺炎《はいえん》なの。このお薬を六時間おきに一錠《じょう》ずつ飲ませてね。だれか年上の人で、ここに来られる人がいるかしら？」

「兄と姉がいます」

「今聞いたことを、お兄さんとお姉さんにも伝《つた》えてね。病棟《びょうとう》には、家族の看病《かんびょう》をしに来てる女の人たちがいますからね。何かわからないことや手伝《てつだ》ってもらいたいことがあれば、その人たちに助けてもらいなさい。看護師《かんごし》の数が足りないの」

「だったら、父はエイズじゃないんですね？」ビンティは、医師《いし》がそう言っているのだと思いたかった。「父はよくなるんですよね？」

「お父さんが肺炎《はいえん》に勝つ強さがあるかどうかは、すぐにわかるでしょう。エイズだとしても、エイズと闘《たたか》う薬はここにはないのよ。ここで検査《けんさ》するのは、情報《じょうほう》を集めるためなの。今のところは、この錠剤《じょうざい》が最善《さいぜん》の治療薬《ちりょうやく》というわけ」

今度は患者《かんじゃ》ではなく、病院の職員《しょくいん》の二人の男の人が、父さんを担架《たんか》にのせて診察室《しんさつしつ》から運び出した。

「この人たちのあとについていってね。お父さんが寝《ね》られる場所を見つけてくれますからね」医師《いし》がビンティに言った。

この病院には一階建《だ》ての建物《たてもの》がいくつもあって、それが、まるで奇妙《きみょう》な車輪《しゃりん》のスポークみたいな長い廊下《ろうか》でつながっていた。父さんを運んでいく男の人たちは、いくつかの病棟《びょうとう》を回ったが、なかなか場所は見つからなかった。

「ここならまだあいたところがあるわよ」白衣《はくい》を着た看護師《かんごし》が、ほかの病棟《びょうとう》に行く途中《とちゅう》で言った。

ビンティはあたりを見回した。病棟《びょうとう》は低《ひく》い壁《かべ》で四つに仕切られているが、どの仕切りも、向かい合うように並《なら》べられたベッドでいっぱいだ。ベッドとベッドの間のすき間もないくらいに。あいているベッドもない。

ビンティは父さんをどこに寝《ね》かせればいいのか、たずねようとしたが、看護師《かんごし》はもう行ってしまったあとだった。

「こっちにいらっしゃい。ここがあいてるわ」

チテンジを腰《こし》に巻《ま》きつけたひとりのおばさんが、ビンティの腕《うで》をとり、部屋の奥《おく》へと連《つ》れていった。そして、二つのベッドの間の床《ゆか》を指さした。コンクリートの上に緑色のゴムマットが敷《し》いてある。二人の男の人は、担架《たんか》をおろし、父さんをそっとそのマットの上に移《うつ》した。

「枕《まくら》がいるわね。余分《よぶん》に持ってるから貸《か》してあげる」

おばさんはそう言うと、枕《まくら》を持ってきて、父さんが楽に寝《ね》られるようにしてくれた。

「あんたのお父さん？」おばさんがきいた。

ビンティはうなずいた。

「家族はお父さんとあんただけ?」

「兄と姉がいます」ビンティはそう言ったとたん、ハッとした。「メモをおいてくるのを忘《わす》れちゃった! 学校から帰ってきて、あたしたちがいないのに気づいても、どこに行ったかわからないわ!」

「おちつくのよ」おばさんは言った。「寝《ね》てる人もいるんだから、声をおさえてね。だれだって、さけんだりわめいたりしたいんだからね。あんたのお父さんは、きっと長いこと病気だったんでしょう。それで、私立《しりつ》病院に行くお金がないから、ここに来たんでしょう。だったら、お姉さんたちもどこをさがせばいいかわかるし、すぐに見つけてくれるわ。あんたは、お父さんの看病《かんびょう》をしてればいいの。家族のほうで、さがしあててここに来るからね。さあ、必要《ひつよう》なものがどこにあるかを教えてあげよう。ところで、わたしの名前はニーカよ」

「あたしはビンティです」

ニーカさんは、病棟《びょうとう》にある水道と、トイレの場所を教えてくれた。トイレは病棟《びょうとう》を出てすぐの廊下《ろうか》にあって、ひどいにおいがした。

「必要《ひつよう》なら、お父さんの服やシーツを洗濯《せんたく》して、お日様の下で乾《かわ》かしてもいいのよ」

ニーカさんは、窓《まど》の外を指さした。毛布《もうふ》やシーツや服が、まばらな芝生《しばふ》や、やぶの上に広げて干《ほ》してあるのが見えた。庭にはまた、すわったり寝《ね》たりしている人たちもいた。お日様はかがやいていたが、チペロニのせいで外にいる人たちはみんな体を丸めている。

「あったかい日には、お父さんも日光浴《にっこうよく》をしたいかもしれないわね。お父さんのお仕事は？」

「棺《ひつぎ》をつくってるんです」

「だったら、外にいるのに慣《な》れてるでしょうからね」

二人は、父さんが寝《ね》ているところへ戻《もど》った。

「おばさんは、だれの看病《かんびょう》をしてるんですか？」ビンティがたずねた。

「息子《むすこ》よ。ここにいるのが息子《むすこ》のジョンなの」ニーカさんが言った。

ジョンは父さんの向こうの列のベッドに寝《ね》ていた。ジュニよりほんの何歳《なんさい》か年上に見えるが、ひどくやせているので、たしかなことはわからない。ビンティが握手《あくしゅ》したジョンの手は、かさかさの草みたいだった。

「別《べつ》の病棟《びょうとう》に、姪《めい》もいるのよ」ニーカさんが言った。「看護《かんご》学校を卒業《そつぎょう》したばっかりなのに、死にかけているの。まわりじゅうで、若《わか》い人が死んでいくわ。神様のお考えは謎《なぞ》だわね。でも、ちゃんとお考えがあってのことだと信《しん》じなくちゃね」

ビンティは、毎週日曜日には、教会に通いつづけてきた。そして、神様が父さんの死をお望《のぞ》みではない、ということだけは確信《かくしん》していた。神様は父さんがよくなることをお望《のぞ》みだ。ビンティが学校から帰ってくると、父さんが作業場で板にやすりをかけながら、「うちの有名人は、今日も元気かい？」と言ってくれることを、お望《のぞ》みにちがいないのだ。

ニーカさんが息子《むすこ》の毛布《もうふ》を直し始めたので、ビンティも父さんのところへ戻《もど》って毛布《もうふ》を整えた。

「長く入院しなくてもだいじょうぶよ、バンボ。お医者さんが治《なお》してくれたら、また家に戻《もど》れるわ」

そう言うと、父さんが目をあけた。

「心配しなくていいよ。おまえは、なんでもちゃんとやってくれるいい娘《むすめ》だな」父さんはまた目を閉《と》じた。話すだけで疲《つか》れてしまうのだ。

ビンティは、父さんのマットの端《はし》にすわった。ほかに腰《こし》をおろすところがなかったのだ。その位置《いち》からだと、歩いていく人の足が見えた。

横を見ると、となりの二つのベッドの間には男の人が寝《ね》ていた。そばには、年配の女の人が腰《こし》をおろしている。その女の人がビンティを見るまなざしには、疲労《ひろう》しかあらわれていなかった。

「うちの父は、いつベッドがもらえるんでしょう？」ビンティはその女の人にきいてみた。

「だれかが退院《たいいん》したか、死んだかしたら、次の人に順番《じゅんばん》が回ってくるんだよ」女の人はそう言うと、そっぽを向いてしまった。

まわりを見ると、床《ゆか》にはほかにもたくさんの患者《かんじゃ》が寝《ね》ていた。ちゃんとしたベッドに寝《ね》ている人の数もかぞえてみた。すぐに大勢《おおぜい》の人が治《なお》るか、あるいは死ぬかしないかぎり、父さんは長いこと床《ゆか》の上から移《うつ》れそうにない。

ビンティは水をくんできて、父さんに薬を飲ませた。

「お医者さんが言った数より多く飲ませたいと思うだろうけど、そうしたからって早く治《なお》るもんじゃないのよ」ニーカさんが言った。「決められた量《りょう》を守りなさいよ」

ビンティはそうすると約束《やくそく》した。それから父さんに身を寄《よ》せて、薬が効《き》くのを待っているうちに、うとうとしてしまった。

「それじゃあバンボがきゅうくつじゃないの！」とんがった声が聞こえた。

ビンティがぎょっとして目をさますと、父さんのマットの足のほうに、両手を腰《こし》にあてたジュニが立っていた。となりに立っているクワシの顔は、怒《おこ》っているのではなく悲しげだった。

ビンティは立ちあがり、マットの端《はし》に引っかかってつまずきながら通路に出た。ジュニがかわりに父さんのそばに腰《こし》をおろした。ジュニの声で同じように目をさました父さんは、おだやかな声でジュニと話している。

「だいじょうぶ？」クワシがきいた。

ビンティはうなずいた。

「どうしてここにいるのがわかったの？」

でも、答えは聞かなくてもわかった。ツァカさんが病室の向こうでほかの患者《かんじゃ》と話しているのが見えたからだ。

ジュニが立ちあがり、クワシを呼《よ》んだ。

「お医者さんはなんて言ってたの？」通路に出てきたジュニがたずねた。

「肺炎《はいえん》にかかってるって」ビンティは答えた。「エイズ検査《けんさ》もしたけど、結果《けっか》はまだなの。陽性《ようせい》でも知らせてくれるのかどうかはわからないけど」

「どんな治療《ちりょう》を受けてるの？　何か薬をもらったの？」

ビンティは、セーターのポケットから薬のびんをとり出した。

「六時間おきに一錠《じょう》ずつ飲むんだって」

「で、最初《さいしょ》に飲んだのは何時？」

ビンティは泣《な》きだした。

「わかんない！　何時だったかわかんないわ！」

ジュニは首を横にふると、薬のびんをとりあげ、水をくみにいった。

「ビンティ、こっちへ来なさい」父さんが言った。

ビンティは、クワシのとなりに腰《こし》をおろした。

「明日は、録音《ろくおん》の日だね。今晩《こんばん》は、ジュニと家に戻《もど》ってゆっくり寝《ね》なさい。明日、録音《ろくおん》が終わったら、またここへ来て、一部始終《いちぶしじゅう》を話しておくれ」

「バンボをおいていけないわ」

「今夜は、クワシがいてくれる。わたしは明日もここにいるんだから。さあ、言ったとおりにしなさい。それから姉さんを呼《よ》んでおくれ」

ジュニは薬を用意して待っていた。クワシが父さんの上体を持ちあげて、飲みやすい姿《し》勢《せい》にした。

それからしばらくして、ジュニとビンティはおやすみなさいを言った。

「また明日な、うちの有名人のビンティ。明日は台本を持ってきて、わたしにも読んでおくれ」

ジュニやツァカさんと病室を出ていくとき、ビンティはふり返った。でも、床《ゆか》に寝《ね》ている父さんの姿《すがた》は、もう見えなかった。

＊

父さんが入院したと聞いても、ディレクターのワジルさんは驚《おどろ》かなかった。

「お父さんが、スタジオに来るようにとおっしゃったんなら、きみがしっかり演《えん》じるよう願《ねが》っておられるはずだ。お父さんをがっかりさせないように、がんばるんだぞ。心配はポケットの中にしまいこんで、一所懸命《いっしょけんめい》やりなさい」

最初《さいしょ》のリハーサルを始めるとき、ワジルさんは、出演者《しゅつえんしゃ》にこう話した。

「ビンティのお父さんが入院なさった。ビンティはとても心配しているが、それでも今日は来てくれた。困難《こんなん》にぶつかったり、ときにはもうだめだと思ったりすることは、だれにでもあるだろう。ショービジネスの世界には、『それでもショーをつづけなくては』という言葉が昔から伝《つた》わっている。今日のビンティはその言葉の意味を、身をもって示《しめ》してくれた。さあ、始めよう」

それを聞くと、ビンティは少し落ち着くことができた。心配は消えなかったけれど、しばらくの間は忘《わす》れてうまくドラマに入りこむことができた。

ジュニは、その日は早朝のミニバスで病院へ向かい、クワシといっしょにバンボの看《かん》病《びょう》をしていた。ビンティがツァカさんといっしょに病院に着いたときには、ジュニもクワシも疲《つか》れた顔をしていた。

「どこで寝《ね》たの？」ビンティがクワシにたずねた。

「バンボのとなり。ベッドの下だよ。寝心地《ねごこち》は悪かったけど、家で心配してるよりは、ここで看病《かんびょう》してるほうがいいんだ。バンボが寝《ね》てる間に、スケッチしたよ」

クワシは、ズボンのポケットから一枚《まい》の紙をとり出して広げた。

ビンティはそれを見て言った。

「笑《わら》ってるみたいね」

「きっと夢《ゆめ》の中にママが出てきたんだよ」クワシが言った。

「クワシ、ジュニといっしょに外へ出て、お日様をあびておいで」父さんが言った。「ビンティとわたしはしばらく話をするからね」

「すぐ戻《もど》るわね」ジュニが、出ていきながら言った。

ビンティは父さんのそばに腰《こし》をおろした。

「お薬が効《き》いてるみたいね。今日は顔色がいいわ」

「気分がいいんだ」父さんが言った。「もっと気分がよくなるには、どうしたらいいか知ってるかい？　今日のドラマの台本をおまえが読んでくれることだよ」

ビンティは台本をとり出して読み始めた。

「もっと大きな声で読んでくれるかい」ニーカさんが言った。「お父さんは、あんたの自《じ》慢《まん》ばかりしてたのよ。みんなにも聞かせておくれ」

ビンティは少し大きな声で読んだ。

「ほら、ここに立つといいよ」だれかがいすを持ってきて、通路の真ん中においた。

ビンティは恥《は》ずかしかったが、父さんがうなずくので、そのいすの上にあがった。

「よく聞こえる声で、じょうずに読むんだよ」ニーカさんが声をかけた。

ビンティは、大きく息を吸《す》いこんで最初《さいしょ》から始めた。

「今週は『ゴゴがケンカをおさめる』の巻《まき》です」

大きな声ですべての役の台詞《せりふ》を読んでいく。患者《かんじゃ》も、看病《かんびょう》している家族も、みんな静《しず》かに聞き入った。ときどき笑《わら》い声《ごえ》があがる。最後《さいご》まで読み終えると、拍手《はくしゅ》がわき起こった。

ビンティは、ホテルでステージにあがったときのようにお辞儀《じぎ》をし、いすからおりた。

「すばらしかったよ。これからも、おまえにはすばらしいことができるはずだ」そう言うと、父さんは目を閉《と》じた。

ビンティは父さんに身を寄《よ》せた。こうしてそばにいると、安心できる。

ジュニとクワシが戻《もど》ってきて、マットのわきのわずかにあいたところに腰《こし》をおろした。三人とも黙《だま》ったまま、眠《ねむ》っている父さんを守るようにすわっていた。

やがて病院の職員《しょくいん》が、食事をのせたワゴンを押《お》してきた。ジュニはカバンからボウルを出すと、ビンティにわたして言った。

「並《なら》びなさい」

ビンティは列に並《なら》び、ンシマ（トウモロコシの粉《こな》を熱湯《ねっとう》に入れこねたもの）と煮豆《にまめ》をボウルに入れてもらった。ジュニが父さんを起こしたが、父さんは食べたくないと言ってまたすぐに眠《ねむ》ってしまった。もらった食事は、ビンティたち三人で、分け合って食べた。ジュニは、フォークも持ってきていた。

その夜遅《おそ》く、病棟《びょうとう》に牧師《ぼくし》さんがやってきた。牧師《ぼくし》さんはにっこり笑顔《えがお》をうかべながら、ベッドからベッドへと歩き回った。聖書《せいしょ》を片手《かたて》に持ち、もう片方《かたほう》の手でひとりひとりにふれて慰《なぐさ》めをあたえていく。それから、喜《よろこ》びという贈《おく》り物《もの》と、神の愛《あい》について牧師《ぼくし》さんは話した。

「神をほめたたえ、愛《あい》をささげましょう。おたがいに愛《あい》し合《あ》いましょう。世界にとって善《よ》き行いをいたしましょう」

そして牧師《ぼくし》さんはうたい出した。神に祈《いの》り、神を賛美《さんび》する歌を、片手《かたて》で聖書《せいしょ》をたたいて調子をとりながらうたった。

患者《かんじゃ》とその家族たちも歌に加《くわ》わった。踊《おど》り出《だ》す者もいた。ニーカさんが手を差《さ》し出《だ》してビンティとジュニとクワシを踊《おど》りに誘《さそ》った。踊《おど》りながらビンティは、手をたたく力もない患者《かんじゃ》たちまでが、みんなといっしょに祈《いの》りの歌をうたっているのに気づいた。大勢《おおぜい》がほほえんでいたが、泣《な》いている者もいた。ビンティも笑《わら》ったり泣《な》いたりした。病棟《びょうとう》に歌がひびきわたり、患者《かんじゃ》もつき添《そ》いの者も牧師《ぼくし》さんも声を合わせて善《よ》きものをくださった神に感《かん》謝《しゃ》した。

その歌を聞きながら、ビンティの父さんは息をひきとった。

「お父さんは床《ゆか》に寝《ね》ておられたが、音楽と、愛《あい》する人々《ひとびと》に囲《かこ》まれていた」と、牧師《ぼくし》さんは言い、家族といっしょにひざまずいて祈《いの》った。「王様でも、このような恵《めぐ》まれた死を迎《むか》える者は少ないのです」

7 エイズという名のライオン

親戚《しんせき》の人たちが、やってきた。おじさんたち、おばさんたち、おとなのいとこたちが、リロングウェや、モンキー・ベイから、そしてカスングのような遠いところからも、続々《ぞくぞく》と庭になだれこんできた。ジュニは、ビンティにおつかいや掃除《そうじ》を次々《つぎつぎ》に言いつけた。

「どこに寝《ね》てもらえばいいのかしら？」ジュニは心配した。

「道路で寝《ね》てもらえば。知らない人たちに、ここにいてほしくないもん。だいいち、あの人たちどうして来たの？」ビンティは言った。

「クワシが病院から電話したのよ。それに、あんたがどうしてほしいか、ほしくないかは関係《かんけい》ないの。物事にはちゃんとしたやり方があって、それをきちんとやればいいの」

「でも、死んだのはあたしたちのバンボなのよ」ジュニを手伝《てつだ》って昼《ひる》ご飯《はん》をつくっていたビンティは、口をとがらせた。「あの人たちのほうが何かやってくれて当然《とうぜん》でしょ！」

「ママが死んだとき、わたしは全部ひとりでやったのよ。それに、そのときのわたしは、今のあんたより年下だったの。だから文句《もんく》ばっかり言わないでよ」ジュニが言った。

クワシが本を何冊《なんさつ》もかかえて小さな台所に入ってきた。

「あの人たち、ぼくたちのものをとってるよ。次々《つぎつぎ》に、自分たちのカバンの中に入れてるんだ」

クワシは寝室《しんしつ》に本を持っていくと、また出てきた。

「親戚《しんせき》じゃなくて、どろぼうなんじゃないの」ビンティが言った。どうしてジュニは追《お》い払《はら》わないのだろう？

「ママのお葬式《そうしき》のときに来てた人もいるよ」クワシが言った。「おぼえてない？」

「あたし、人がいっぱいいたことしか、おぼえてない」ビンティが言った。「大勢《おおぜい》やってきてざわざわしてたことと、みんなが帰ったあとでがらんとしちゃったことだけおぼえてる。人が押《お》し寄《よ》せてきて、ママを連《つ》れてっちゃったみたいな気がしたの」

ジュニが二人を押《お》しのけてボウルをとると、言った。

「話してるひまがあったら、手を動かして働《はたら》いてよ」

ビンティは、ジュニを押《お》し返《かえ》した。

「働《はたら》け、働《はたら》けって、バンボが死んだのよ。そっちはどうでもいいの？」

ジュニはビンティのほおをピシャッとたたくと、台所を出ていった。

つづいてクワシも出ていった。ビンティはトマトを刻《きざ》んでいたが、やがて包丁《ほうちょう》をおろした。涙《なみだ》がポタッとトマトの上に落ちた。「どうしてあんな人たちのために料理《りょうり》しなくちゃいけないの？」ビンティは独《ひと》り言《ごと》を言い、食事のしたくを放《ほう》り出《だ》して庭に出ていった。

「何してるの？」ビンティはクワシにたずねた。クワシは、庭にすわって食事が出るのを待っている親戚《しんせき》たちにはかまわず、材木《ざいもく》を作業台まで運んでいるところだった。

「バンボの棺《ひつぎ》をつくるんだよ。棺《ひつぎ》がいるだろう。だから、つくらなきゃ」

「でも、まだじょうずにつくれないでしょ。あたしも無理《むり》だし」ビンティが言った。

「前は身を入れてなかったからさ。一所懸命《いっしょけんめい》やれば、ちゃんとつくれるよ。とにかく、つくるんだ」

クワシは一度言い出したらきかない。ジュニと同じくらい、がんこなところがあるのだ。

「何をしてるんだね？」おじさんのひとりが——ビンティは会ったばかりで、どの人がどのおじさんなのかよくわからなかった――のこぎりで板を切ろうとしていたクワシの腕《うで》に手をおいた。

「父の棺《ひつぎ》をつくってるんです」

「この板は、切ってしまわないほうがいい」おじさんが言った。「お金がむだになるし、おまえの腕《うで》は確《たし》かじゃないだろう」

「確《たし》かです」クワシが言い返した。

「まだ学校に通ってるんだったよな。ここで働《はたら》いてたわけじゃない」

おじさんは、クワシの手からのこぎりを引ったくった。ビンティは、クワシが落ちこんでいるのを見るのがつらかった。

「ねえ、いい考えがあるわ」

ビンティはそう言うと、台所のいちばん上の棚《たな》からラジオ局でもらったお金をとり出した。家の中にいたおばさんたちが、それを見とがめて言った。

「そのお金はなんなの？　それでどうしようっていうの？　どうして早くご飯《はん》をつくらないの？」

ビンティはその声を無視《むし》すると、おばさんたちの手を逃《のが》れ、兄さんの手をつかんで外へ飛《と》び出《だ》した。

二人は、ツァカさんの店に行った。

「来た理由はわかってるよ」ツァカさんは言った。「お父さんが、ご自分でつくった棺《ひつぎ》で埋葬《まいそう》されないのはお気《き》の毒《どく》だな。うちの棺《ひつぎ》をお父さんがどう思われていたかは、わかっているからね。いや、お世辞《せじ》は言わなくていい」ツァカさんは笑《わら》った。「お父さんは、信念《しんねん》を持っていらした。意見はちがったが、話すのは楽しかったよ。棺《ひつぎ》はただであげたいところだが、そうもいかないから、実費《じっぴ》で分けてあげよう」そう言うとツァカさんは、すでに組み立ててある棺《ひつぎ》をいくつか見せてくれた。

「自分たちで組み立てたいんですけど」ビンティが言った。

ツァカさんはうなずいて言った。

「ああ、そのほうがいいな。こっちに来て好《す》きなのを選《えら》びなさい。組み立て方は教えるからね」

二人は、繊細《せんさい》な白いもようが入った緑色の棺《ひつぎ》を選《えら》んだ。

「これは、大理石をまねてつくってあるんだよ」ツァカさんが言った。「大理石はとてもきれいだからね」

ツァカさんは、どうやって組み立てるかを子どもたちに教え、道具も貸《か》してくれた。組み立てが終わると、ツァカさんはクワシに小さな筆とペンキ缶《かん》をわたした。

「お父さんから、きみのやり方を聞いてるよ」

クワシは筆をとりあげて、棺《ひつぎ》の底《そこ》に美しい鳥を一羽描《か》いた。その鳥は高い空を飛《と》んでいるように、翼《つばさ》を大きく広げていた。

「さあ、これを持って帰れば、親戚《しんせき》の人たちは驚《おどろ》くよ」

ツァカさんはビンティがお金を差《さ》し出《だ》すと、棺《ひつぎ》の実費《じっぴ》だけとって、あとは返してくれた。それからつけ加《くわ》えた。

「残《のこ》ったお金は安全なところに隠《かく》しておくんだ。いつ必要《ひつよう》になるか、わからないからね」

クワシとビンティは棺《ひつぎ》を持ちあげた。

「午後になったら、霊安室《れいあんしつ》や葬儀場《そうぎじょう》までご婦人《ふじん》たちを乗せていってあげよう」ツァカさんは言った。ビンティとクワシはお礼を言って、家に戻《もど》った。

親戚《しんせき》の人たちは、二人が持ち帰った棺《ひつぎ》に感心したが、「お金を使いすぎだよ」と文句《もんく》も言った。

「おまけしてもらったんだよ。それに、ぼくたちの父さんの棺《ひつぎ》だからね」クワシが言った。

「さっきのお金はまだ残《のこ》ってるの？」おばさんのひとりがきいた。

「もうないよ」クワシがビンティにかわって答えた。「棺《ひつぎ》を買うのもぎりぎりだったんだ。午後になったら近所の人が、おばさんたちを霊安室《れいあんしつ》や葬儀場《そうぎじょう》に連《つ》れてってくれるってさ」

「目上の人に話すときは、もっと敬意《けいい》を払《はら》いなさい」おじさんのひとりが言った。「おまえはまだ子どもだし、お父さんが死んでつらいのはよくわかる。わたしたちのこともよく知らないのだろうが、それでも、もっとていねいに話しなさい」

ビンティは兄さんを見た。その顔は悲しげだったが、さっきの打ちのめされたような表情《ひょうじょう》はもう消えていた。

「この鳥の絵はなんなの？」親戚《しんせき》のひとりがたずねた。

ビンティは、さっき中断《ちゅうだん》していた食事の用意をつづけようと、台所に入った。でもおばさんたちが、もうやってしまっていた。おばさんたちはビンティを見て、非難《ひなん》するように首を横にふった。ビンティは、それには気づかないふりをして、食事をよそうボウルをとり出した。

「いちばんいい服を着なさいよ」食事が終わるとジュニが言った。「日曜日じゃないけど、教会に行くんだからね」

ビンティのよそ行きの服は、もうたんすから出してあった。

ビンティは着替《きが》え、ジュニやおばさんたちがいるほうへ行った。みんな、おしゃれをしていた。ツァカさんがやってくると、ビンティもおばさんたちといっしょにトラックの荷台にのぼった。男の人たちが棺《ひつぎ》を持ちあげると、腰《こし》をおろしたおばさんたちのひざの上にのせた。全員がすわるだけのスペースがないので、荷台のどこかにつかまって立っている人もいる。クワシと、年の近いいとこの男の子たちが、ぴょんととびあがって、荷台の最《さい》後尾《こうび》に腰《こし》をかけた。

ビンティはジュニのとなりにすわって、まだ空っぽの棺《ひつぎ》をひざにのせ、ぎゅっとつかんでいた。もっとも、おばさんたちもしっかりかかえているので、トラックから落ちる心配はなかったのだけれど。

女の人たちがうたい始め、病院の裏手《うらて》にある霊安室《れいあんしつ》に着くまでえんえんとうたいつづけた。

トラックの前に乗っていた男の人たちと、荷台の縁《ふち》に腰《こし》かけていたクワシたちが降《お》りて、棺《ひつぎ》を霊安室《れいあんしつ》の中に運びこんだ。女の人たちはあいかわらずうたいつづけた。

トラックが霊安室《れいあんしつ》を出て葬儀場《そうぎじょう》に向かう段《だん》になると、ひざの上の棺《ひつぎ》が重くなった。ビンティは、霊安室《れいあんしつ》で棺《ひつぎ》の中に入れられた父さんのことを思った。父さんが起きあがって棺《ひつぎ》から出てくれれば、家に戻《もど》って親戚《しんせき》の人たちにも帰ってもらえるのだけれど。でも、そんなことが起こるはずはない。ビンティは仕方なく女の人たちの歌に加《くわ》わり、泣《な》かないようにがまんしていた。

教会に着いた一行《いっこう》は、外で待たされた。一つ前の葬儀《そうぎ》がまだ終わっていなかったからだ。トラックに乗らなかった親戚《しんせき》たちも、教会にやってきた。ワジルさんも来ていて、ビンティだけでなくジュニとクワシも抱《だ》きしめてくれた。

とうとう父さんの葬儀《そうぎ》が始まった。教会には大勢《おおぜい》がつめかけていた。父さんは多くの人に愛《あい》されていたのだ。

ビンティとクワシとジュニは、父さんの兄弟姉妹といっしょに、前のほうに腰《こし》かけていた。その人たちが泣《な》いているのを見て、ビンティはおじさん、おばさんたちを少し見直した。父さんが教会の前方におかれた棺《ひつぎ》に閉《と》じこめられていることは、考えないようにした。

葬儀《そうぎ》の途中《とちゅう》で通路近くにすわっていたビンティがふり返ると、ひとりのおばあさんが、若《わか》い男の人に支《ささ》えられながら、ゆっくりと歩いてくるのが見えた。

ジュニもクワシも、親戚《しんせき》の人たちも、集まっていた人たちも、全員が立ちあがって、そのおばあさんに敬意《けいい》を示《しめ》した。ジュニがビンティも立ちあがらせた。

「だれなの？」ビンティはきいた。

「おぼえてないの？　ゴゴじゃないの」

二人のおじさんが、ゴゴを家族の席《せき》にすわらせようとしたが、ゴゴはその手をふり払《はら》った。ゴゴと若《わか》い男の人は、そのまま歩きつづけて、前方の棺《ひつぎ》のところまで行った。牧師《ぼくし》さんが両手を広げてゴゴをかかえようとしたが、ゴゴは無視《むし》した。

「あけなさい」ゴゴは、ついてきた若《わか》い男の人に言った。

ビンティのおじさん二人が、あわててそばまで行ったがゴゴに追《お》い払《はら》われた。

「息子《むすこ》に会いたいんだよ」ゴゴは言いはった。「息子《むすこ》に会うのを手伝《てつだ》うか、ほっといてくれるか、どっちかにおし」

おじさんたちは、若《わか》い男の人が棺《ひつぎ》のふたをあけるのを手伝《てつだ》った。

「ああ、息子《むすこ》だ」ゴゴは言った。「わたしの息子《むすこ》にちがいない」

そう言うと、ゴゴはみんなのほうを向いた。

「わたしは、ここにいるジェレマイアといっしょに病院に寄《よ》ってから来たんだよ。お医者さんは、息子《むすこ》の血にエイズが見つかったと言ってた。この子は、エイズで死んだ二人目の息子《むすこ》だ。娘《むすめ》三人も死んでいるがね、それもみんな同じエイズのせいなんだよ」

ビンティは、ゴゴが泣《な》きだすのではないかと思ったが、ゴゴは涙《なみだ》をこらえると、話をつづけた。

「こういうことは、みんな話したがらない。話さなければ、そのうち消えてしまうと思っているのかもしれないが、そうはいかないんだよ。昔、まだライオンがこのあたりにいたころ、村にライオンがやってきて子どもたちをさらっていったら、だれも黙《だま》っちゃいなかった。黙《だま》ってたら、子どもたちは次々《つぎつぎ》に食われてしまうからね。だから騒《さわ》いだものさ。

なべをたたいて、『ライオンが来たぞ！』とさけんだんだ。そうやって、ライオンを追《お》い払《はら》って、子どもたちを救《すく》ったんだ。

今もそれと同じさ。村にライオンが来てるんだよ。エイズという名前のライオンがね。そのライオンは、子どもたちをどんどんさらっていく。だから、今日はみんなの前で、『息子《むすこ》はエイズのせいで死んだ』とはっきり言いたいんだ。わたしはこの息子《むすこ》を愛《あい》してたからね。この子の嫁《よめ》が死んだのも、たぶんエイズのせいなんだろうよ。あの嫁《よめ》も、わたしは気に入ってた。子どもたちを埋葬《まいそう》するのは、もうたくさんだよ」

「アーメン！」と牧師《ぼくし》さんが言って、お祈《いの》りを始め、人々《ひとびと》はうたい始めた。ゴゴは、ビンティとクワシとジュニを三人いっしょに抱《だ》きしめた。兄と姉が泣《な》いているのがビンティにも伝《つた》わってきた。ビンティも泣《な》いていた。

教会から墓地《ぼち》まではみんなで行列をつくって歩いた。ビンティは、みんなといっしょに踊《おど》り、クワシは棺《ひつぎ》をかつぐ役のひとりになった。墓地《ぼち》には、緑が木陰《こかげ》をつくっていた。父さんが地面にほった穴《あな》の中におろされるとき、ビンティには大きな鳥が翼《つばさ》を広げて空高く舞《ま》いあがっていくのが見えた。

8 別《わか》れ

「男の子なら引き受けられるかもしれんな」

ビンティは、ジュニのとなりで横になっていた。ひとりのおじさんの声が耳に飛《と》びこんできたのは、眠《ねむ》りに引きこまれそうになったときだった。

「男の子なら、モンキー・ベイでの魚の商売に役立つかもしれん」

「部屋はあるの？」

「余分《よぶん》の部屋がある者なんて、ここにはひとりもいないよ」おじさんが言った。「でも、仕方がないさ。あの子たちは、甥《おい》や姪《めい》なんだからな。おふくろだって、おれたちがあの子たちのめんどうを見るのが当然《とうぜん》だと思ってる。その点ははっきり言ってってったからな」

ビンティは起きあがり、ジュニを起こすと、小声でささやいた。

「ねえ、聞いて。あの人たち、何か相談してるわよ」

ビンティは床《ゆか》に敷《し》いたマットの上で寝《ね》ているクワシも起こした。クワシもベッドにあがり、居間《いま》のほうから聞こえてくる声に三人で耳をすませる。

「あの男の子は、働《はたら》き者《もの》のようには見えないね」おばさんのひとりが言った。「しょっちゅうひとりで腰《こし》かけて、絵を描《か》いては紙をむだにしてるもの。連《つ》れてっても、あまり役に立たないと思うよ」

「そうかもしれん。だが、女の子はうちにはたくさんいるんでね」

「うちには来てほしくないわ」別《べつ》のおばさんが言った。「あの子たちがエイズにかかっていないって、どうしてわかるの？ うちの子たちにうつされたくないのよ。同じコップを使ったら、うつるんでしょう？」

「だけど、なんとかしなくちゃ。うちは男の子を引きとると言ったんだ。女の子たちはどうするね？」

ビンティはそれ以上《いじょう》聞いていられなかった。ベッドを飛《と》びおりると、居間《いま》に飛《と》びこんでいって、さけんだ。

「あたしたち、どこへも行かないわ！ ここにずっといるの。自分たちでなんとかできるもの！」

「その子のかんしゃくは気に入らないね」ひとりのおばさんがそう言うと、まるで嫌《いや》なにおいをかいだときみたいに、鼻にしわを寄《よ》せた。

「ビンティ、来なさい」ジュニが妹を寝室《しんしつ》に引っぱりこみ、ドアを閉《し》めた。

「どうして引っぱるの？」ビンティが抗議《こうぎ》した。

「子どもみたいなまねは、やめてくれる？」

「口げんかはよせよ」クワシが割《わ》って入《はい》った。「何かほかに方法《ほうほう》がある？」クワシはジュニにきいた。

ジュニは部屋を行ったり来たりしていたが、やがてベッドに腰《こし》をかけた。ビンティとクワシもその横にすわった。

「お金はないわ」ジュニが言った。「前からほとんどなかったでしょ。棺《ひつぎ》のお金はビンティが払《はら》ったけど、そのほかにお葬式《そうしき》の費用《ひよう》や病院の費用《ひよう》がかかったの」

「でも、あたし、これからもお金がもらえるわよ」ビンティが言った。

「学校はどうする？　学費《がくひ》は払《はら》ってあるのかな？」クワシがたずねた。

「来月の末《すえ》までは払《はら》ってあるわ」ジュニが説明《せつめい》した。「自分たちでやっていける計画があれば、おじさんやおばさんたちも放《ほう》っておいてくれると思うの。そうは思えないかもしれないけど、あの人たちだって、それなりに正しいことをやろうとしてるだけなのよ。わたしたちを世話するのは重荷のはずよ。自分たちでやっていけるところを見せれば、ホッとすると思うわ。どっちにしても、この家はわたしたちのものなんだし。棺《ひつぎ》の店はできないけど、だれかできる人に貸《か》してもいいでしょ」

「バンボの部屋も貸《か》せるわよね」ビンティはそう言ったとたん、父さんの部屋をだれかが使うと考えたことが恥《は》ずかしくなった。

ビンティの気まずい表情《ひょうじょう》に気づいたジュニが言った。

「バンボは、わたしたち三人がいっしょに暮《く》らすことを望《のぞ》んでると思うの。だから、ちゃんとした人に部屋を貸《か》せば問題ないと思うわ。たとえば先生とか。たぶん牧師《ぼくし》さんが、だれか紹介《しょうかい》してくれるんじゃないかしら」

「ビンティとぼくは公立の学校に転校するよ」クワシが申し出た。

ビンティも、転校は嫌《いや》だが、おじさんやおばさんの家に引きとられるよりはましだと思った。それに、転校しても、「ゴゴの家族」の出演者《しゅつえんしゃ》だという特別《とくべつ》な身分は変《か》わらないのだから。

クワシがビンティに向かって言った。

「ジュニは試験《しけん》が終わるまでセント・ピーターズ校に通うべきだよ。いい学校を卒業《そつぎょう》すれば、給料《きゅうりょう》もたくさんもらえるようになるしね。ぼくは市場で働《はたら》くよ。きっと、なんとかやっていけるって」

「たぶん、マラウイのたいていの人たちよりうまくやれるわよ。じゃあ、計画はこれでいいわね。わたしが試験《しけん》を受けるまではこの計画でいきましょう。わたしも、学校の事務《じむ》の仕事を手伝《てつだ》えば、学費《がくひ》が安くなるかもしれないわ。それとも、学費《がくひ》を借《か》りて就職《しゅうしょく》してから返すようにとりはからってもらえるかもしれない。そしてノエルと結婚《けっこん》したら、あんたたちも学校を卒業《そつぎょう》するまでいっしょに暮《く》らせばいい。バンボが病気になってから、どっちにしてもそのほうがいいって、前から考えてたの」

「バンボはエイズだったの？」ビンティがたずねた。

「肺炎《はいえん》だったのよ。お医者さんがそう言ってたのを聞いたでしょう？」ジュニはきっぱりと言った。

「でも、ゴゴが……」

「ゴゴは年とってるし、あのときはショックを受けてたのよ。病院で何か聞いたのかもしれないし、聞かなかったのかもしれない。だれかにきかれたら、父は肺炎《はいえん》でした、って言うのよ」

「ママは？」

「ママは結核《けっかく》だったの。わたしの記憶《きおく》ではそうよ。ママが死んだときのことは、年上のわたしがいちばんよくおぼえてるの」

ジュニは、クワシとビンティの顔を順番《じゅんばん》に見て、二人がちゃんと理解《りかい》したかどうかを確《たし》かめた。

「じゃあ、わたしたちの計画を親戚《しんせき》に話しましょう。この件《けん》が決まったら、もう寝《ね》ることにして、みんなに帰ってもらうのは明日にすればいいわ」

子どもたちは居間《いま》に入っていった。ビンティが広い部屋だと思っていたその居間《いま》は、家族が料理《りょうり》をつくって、食べて、くつろぐための部屋だったが、今は大勢《おおぜい》の親戚《しんせき》に占領《せんりょう》されていた。テーブルのまわりにすわれないおじさんやおばさんたちは、ソファやいすに腰《こし》をかけていた。父さんが気に入っていつもすわっていたいすにも、おじさんのひとりがすわっている。

三人は礼儀正《れいぎただ》しくお辞儀《じぎ》をした。ビンティとジュニは、足を前後にずらしてひざを曲げるお辞儀《じぎ》をした。ジュニが自分たちの計画を説明《せつめい》し、最後《さいご》にこうつけ加《くわ》えた。

「気にかけてくださってありがとうございます。でも、ご心配はいりませんので」

最初《さいしょ》に口を開いたのは、ムゾラおじさんだった。ビンティがいちばん父さんに似《に》ていると思ったおじさんだが、背《せ》は父さんより高くて、父さんほどハンサムではなかった。そして、このおじさんは、父さんのお気に入りのいすにすわっていた。

「いい計画だとは思うが、いろいろと勘《かん》ちがいをしているようだね。まず第一に、この家はおまえたちのものではないんだ。わたしたちのものなんだよ。お父さんの財産《ざいさん》は、責任《せきにん》あるおとなの家族に引《ひ》き継《つ》がれるんだからな」

「なんてったって、わたしたちはきょうだいなんだからね」さっきビンティのかんしゃくを非難《ひなん》したおばさんが言った。

「家と店は売りに出した。ここは場所もいいから、すぐに買い手が見つかったよ」

「でも、家を売ったお金は……」ジュニが言い返そうとした。

「それも、わたしたちのものになるんだよ」ワイソムおじさんが説明《せつめい》した。「おまえたちの養育《よういく》に責任《せきにん》を持つのはわたしたちなんだからね」

ムゾラおじさんがその先をつづけた。

「学費《がくひ》は返してもらったよ。自分の子どもだって、あんなお金のかかる学校へは行かせられないんだから、おまえたちを行かせるわけにはいかないだろう？　クワシはわたしといっしょにモンキー・ベイに行くんだ。そして女の子たちは、ワイソムおじさんに引きとられて、リロングウェに行く。家の仕事をしっかり手伝《てつだ》って、役に立つところを見せるんだぞ」

「ラジオドラマはどうなるんですか？」ビンティはきいた。「あたし、ラジオに出ないといけないんです」

「その点は残念《ざんねん》だよ。出演料《しゅつえんりょう》はあきらめるしかないな」ワイソムおじさんは、ソファの上で体を動かして楽な姿勢《しせい》をとろうとした。「録音《ろくおん》は、毎週土曜日だったよな？　もう一回だけ出演《しゅつえん》させてやろう。そのあとは、代役をさがしてもらうしかないだろうな。わたしには、自分の仕事と家族がある。いつまでもブランタイアにとどまっているわけにはいかないんだ」

ビンティは、自分の耳が信《しん》じられなかった。口を開きかけたとき、ジュニの手が肩《かた》にかかるのを感じた。

「ご親切には感謝《かんしゃ》しますが、わたしたちはいっしょに暮《く》らしたいんです。婚約者《こんやくしゃ》のノエルも、相談すれば、結婚《けっこん》を早めてくれると思います。クワシとビンティは、わたしたちといっしょに暮《く》らします。自分たちでなんとかできるんです」ジュニが言った。

「ああ、ノエルね」ムゾラおじさんが、ポケットから開封《かいふう》した手紙をとり出した。「さっき、ノエルの弟がこの手紙を届《とど》けてきたよ」おじさんは、手紙をジュニにわたした。

「読んだんですか？　わたしあてなのに？」

「おまえたちにかかわることは、わたしたちにもかかわることだからな」

ジュニは、手紙を読むと、だれかに殴《なぐ》られでもしたように、急にぐったりしてしまった。そして、くるっと向きを変《か》えると寝室《しんしつ》に入っていった。

ビンティとクワシがあとを追った。

「クワシ、明日は朝早く起きるんだぞ。モンキー・ベイに帰るんだからな」ムゾラおじさんが言った。

ビンティとクワシは、寝室《しんしつ》に入ってドアを閉《し》めた。ジュニは、ベッドにうつぶせになってシクシク泣《な》いていた。ビンティとクワシはびっくりして、そのまま立ちつくしていた。

やがてかがみこんだビンティが、ジュニの手からくしゃくしゃになった手紙をとりあげた。

ビンティは声に出して読んだ。

「ジュニ、ぼくは婚約《こんやく》を解消《かいしょう》するためにこれを書いている。エイズ感染者《かんせんしゃ》の家族との結《けっ》婚《こん》には、ぼくの両親が反対している。両親の意志《いし》にそむくわけにはいかないんだ。ノエルより」

ビンティには、言うべき言葉が見つからなかった。

ビンティとクワシは、姉のとなりに横になった。ジュニは、二人を追《お》い払《はら》わなかった。

三人のきょうだいは身を寄《よ》せ合《あ》い、ひっそりと朝を待った。

ムゾラおじさんは、日が昇《のぼ》るとすぐに出発したがった。そしてジュニに住所を書いた紙をわたすと、言った。

「残酷《ざんこく》だと思っているだろうが、これでも最善《さいぜん》のことをしているんだよ。おまえたちのお父さんやお母さんのことは、みんなが愛《あい》していたからね」

おじさんは、ジュニにわたした紙をあごでしゃくると、つけ加《くわ》えた。

「クワシに手紙を書いてくれ。いつか会いに来てくれよ」

「行かなくてもいいのよ」ビンティがクワシに言った。

「ほかに何ができる？　ほかに行くところなんかないんだよ」

「ジュニ、なんとかしてよ！」

「もうどうしようもないわ」

ジュニにはそれしか言えなかった。着ているカーディガンは、ボタンがかけちがっていたが、ジュニは気づいてもいないようだった。

二人は、クワシが荷物をまとめるのを手伝《てつだ》った。ビンティは鉛筆《えんぴつ》と絵の具セットを持ってきてわたしながら言った。

「モンキー・ベイに行けば、新しい絵の題材《だいざい》が見つかるかも。この辺《へん》にはいない鳥とかね」

クワシは、鉛筆《えんぴつ》と絵の具セットをカバンに入れた。

そうこうするうちにビンティは思いついた。おじさんたちもおばさんたちも見ていないことを確《たし》かめると、ビンティは残《のこ》っていたお金をとってきて、三つに分けた。そしてジュニとクワシに二人の分をそれぞれわたして言った。

「これをどこか見つからないところに隠《かく》して。あの人たちに負けないようにがんばらなくちゃ」

「おい、息子《むすこ》、行くぞ」ムゾラおじさんが言った。

「ぼくは、おじさんの息子《むすこ》じゃないよ」クワシがつぶやいた。それからビンティとジュニを抱《だ》きしめ、最後《さいご》にもう一度家を見わたし、外の作業場を見回し、ムゾラおじさんについて通りへ出ていった。ビンティとジュニは、クワシがおじさんのあとからミニバスに乗るのを見送った。バスが発車する前、クワシは一度だけ手をふった。

「そのピンバッジは持ってていいですよ。持ってて、この学校を思い出してちょうだいね」

チントゥ校長は、監督生《かんとくせい》のピンバッジをビンティの手のひらにのせて、指でくるむようにした。クワシが発《た》った翌日《よくじつ》、ビンティとジュニは、荷物をまとめ別《わか》れを告《つ》げるためにセント・ピーターズ校に出かけたのだった。

*

校長はジュニにはこう言った。

「中等学校修了証書《しゅうりょうしょうしょ》をもうちょっとでもらえるのにね。どこかで試験《しけん》が受けられるといいですね。万一それが無理《むり》でも、あなたはマラウイのほとんどの人より高い教育を受けたのだということを忘《わす》れないでね。ここで学んだことを、じょうずに使ってくださいよ」

二人は、学校から「ストーリー・タイム」のラジオ局へ向かった。

「ワジルさんがなんとかしてくれるわよ」ビンティは言った。「みんな、あたしの声をラジオで聞きたがってるんだもの。ファンレターだって来るのよ。あたしがいなきゃ、やっていけないはずよ」

ワジルさんは、二人の話を聞いて、言った。

「なんともつらい話だなあ」

「おじさんやおばさんは、あたしたちの持ち物をほとんど処分《しょぶん》しちゃったんです」ビンティが言った。「クワシがとり戻《もど》しては隠《かく》しておいたんですけど、最後《さいご》には持っていかれました。家も店も売ってしまい、そのお金はわたしてくれないんです」

ワジルさんは、理解《りかい》を示《しめ》すようにうなずいた。

「財産《ざいさん》の横取りは、マラウイじゃよくあることなんだ。強欲《ごうよく》な者が横取りすることもあるが、ときには貧《まず》しさのせいで横取りが起こることもある。今度はそういうテーマのドラマをつくってもいいな」ワジルさんは、自分に言い聞かせるみたいに言った。

ビンティはその言葉に飛《と》びついた。

「そのドラマ、あたしも協力《きょうりょく》します。ジュニといっしょにここに住んでもいいです。ジュニは掃除《そうじ》とか服のつくろいがとっても得意《とくい》だし、あたしは……えーと、床《ゆか》をはいたり、ドラマに出たりします。お金はいりません。出演料《しゅつえんりょう》は家賃《やちん》としてとっておいてください。広い場所はいりませんから」

ビンティはジュニも何か言うようにとひじでつついたが、ジュニは何も言わずに床《ゆか》を見つめているだけだった。

ワジルさんは、指をぎゅっと合わせて考えこんでいた。考える時間が長くなればなるほど、ビンティは希望《きぼう》がわいてくるような気がした。でも、じっさいは思いどおりにはいかなかったのだ。

「ここに住んでいいと言ってあげたいのはやまやまだが、それは無理《むり》なんだ。親戚《しんせき》の方たちの考えに、わたしが異議《いぎ》を唱《とな》えるわけにはいかないからね。おじさんやおばさんは、きみたちの家族で、決めるのはその家族の方たちなんだよ。たとえそうでなくても、ここにはきみたちが住めるような場所はないんだ」

ビンティはがっかりした。

「わたしにできることがあるとすれば、明日の収録分《しゅうろくぶん》のほかに、あと三本録音《ろくおん》させてあげることくらいだな。今日きみが少し遅《おそ》くまでスタジオにいられるなら、台本はあと三本分できているんだよ。ほかの役は、あとで入れていけばいい。そうすれば、出演料《しゅつえんりょう》をよけいに払《はら》うことができるし、きみも『ゴゴの家族』に少しでも長く出演《しゅつえん》できることになる」

「わかりました。そうします」ビンティは言った。ワジルさんが、ゴゴの孫娘《まごむすめ》の代役をさがすつもりかどうかはききたくなかったし、知りたくもなかった。

録音《ろくおん》が終わったらワジルさんが車で送ってくれると言うので、ジュニは先に帰って荷造《にづく》りをすることになった。いつものスタジオに入り、ワジルさんの合図に従《したが》ってひとりだけで録音《ろくおん》するのは、奇妙《きみょう》なものだった。いつもなら一週間準備《じゅんび》をしてから、ほかの出演《しゅつえん》者《しゃ》といっしょに録音《ろくおん》する。ぶっつけ本番の今日は、いつもほどうまくはいかなかったが、ワジルさんは満足《まんぞく》しているようだった。出演料《しゅつえんりょう》をわたすとき、ワジルさんは言った。

「お金は、安全なところに隠《かく》しておくんだよ」

ワジルさんがほかの出演者《しゅつえんしゃ》にも連絡《れんらく》したらしく、翌日《よくじつ》の録音日《ろくおんび》には、収録後《しゅうろくご》にさよならパーティが開かれた。いつもより親切なスチュアートをふくめ、みんながプレゼントを持ってきてくれた。本や、ペンや、新しいブラウスや、缶入《かんい》りのお菓子《かし》をビンティはもらった。ラジオ局からは、新しい「チペロニ毛布《もうふ》」が二枚贈《まいおく》られた。冬の風と同じ名前の会社がつくった毛布《もうふ》で、一枚《まい》はビンティ、一枚《まい》はジュニへのプレゼントだった。

その日の出演料《しゅつえんりょう》がちょうど支払《しはら》われるときになって、ワイソムおじさんがラジオ局に現《あらわ》れた。

「出演料《しゅつえんりょう》はわたしがもらおう。保護者《ほごしゃ》はわたしで、リロングウェに二人を連《つ》れていくのにも金がかかりますからな」と、おじさんは言った。

ワジルさんは逆《さか》らわなかったし、こうなるかもしれないと、前もってビンティにも言ってあった。ワジルさんは出演料《しゅつえんりょう》をおじさんにわたし、おじさんはお金を数えてからポケットにしまった。まだ秘密《ひみつ》のお金が隠《かく》してあると思うと、ビンティもそうがっかりはしなかった。

最後《さいご》にお別《わか》れを言ったのはワジルさんだった。ワジルさんは、ビンティをぎゅっと抱《だ》きしめて言った。

「みんな、きみのことは忘《わす》れないよ」

のどに熱《あつ》いものがこみあげて、ビンティは何も言えなかった。

その次の日、ワイソムおじさんは、満員《まんいん》のミニバスにビンティとジュニと荷物とを押《お》しこんで、自分も乗りこむと、リロングウェに向けて出発した。

9 ワイソムおじさんの家

ミニバスの中はきゅうくつだったが、ビンティはリロングウェまでの道のりをほとんど眠《ねむ》って過《す》ごした。ミニバスがところどころで停《と》まって人が乗ったり降《お》りたりするのはなんとなくわかったが、目はあけず、そのまままた眠《ねむ》りに落ちていった。

バスが終点で停《と》まっても、すぐにはみんなが降《お》りていくのに気づかなかった。だれかに押《お》されて、頭がまだ目ざめないうちに体だけ動きだした。

「ジュニ？」ビンティが呼《よ》んだ。一瞬《いっしゅん》、姉の姿《すがた》を見失《みうしな》って焦《あせ》ったが、すぐに姉が腕《うで》をぎゅっとつかんでくれた。

「ほらほら」ジュニが文句《もんく》を言った。「つっ立ってちゃだめよ」

少なくともジュニの言い方は前とちっとも変《か》わらない。ビンティはカバンを持ち、ジュニといっしょにあわててバスを降《お》りた。

バスターミナルは、バスや人でごった返していた。ワイソムおじさんは何も言わず、姪《めい》たちのカバンを二つかかえたまま先に立って歩いた。ビンティは、ジュニがしっかりつかんでいてくれるのがありがたかった。二人は、おじさんを見失《みうしな》わないように、人ごみをかき分けて進んだ。

店がたくさん並《なら》ぶ通りを歩いていく。日曜日なので閉《し》まっている店が多いが、歩道で物を売っている人もいる。バナナを山積《やまづ》みにした大きなお盆《ぼん》を頭にのせて売っている女の人たちもいれば、野菜《やさい》や石けんや薬や家庭用品を売る小さな屋台も出ている。

小川にかかる橋《はし》をわたるときには、川の水で体を洗《あら》っている人や、洗《あら》って岩の上に広げてある洗濯物《せんたくもの》が目に入った。繁華街《はんかがい》を抜《ぬ》けると、高い塀《へい》に囲《かこ》まれた家が建《た》ち並《なら》ぶ通りに出た。バスや車や自転車が走っていく。リロングウェのこのあたりは、ブランタイアでビンティが慣《な》れ親《した》しんでいた地区より静《しず》かだった。それに、山も見えなかった。やがて三人は、小さな食堂《しょくどう》の前で立ち止まった。

「バンボが帰ってきた！　お帰りなさい、バンボ！」小さな子どもたちが走ってきて、ワイソムおじさんに飛《と》びついた。それを見ると、ビンティの胸《むね》は張《は》り裂《さ》けそうになった。年上の子どもたちも出てきた。中にはビンティやジュニと同じくらいの年の子もいる。みんな、じろじろとビンティたちを見ていた。

派手《はで》なワンピースを着た、背《せ》の高いがっしりした女の人が出てきて、ワイソムおじさんにほほえんだ。そのほほえみは、途中《とちゅう》で凍《こお》りつき、消えた。

「仕方なかったんだよ」とだけ、ワイソムおじさんは言った。「アグネスおばさんだ」と、ジュニとビンティに言い、二人をおじさんの家族に紹介《しょうかい》した。

小さな女の子がひとり、二人をよく見ようと近づいてきた。

「近づくんじゃない」ワイソムおじさんが、子どもたちに言った。「この子たちの両親はエイズで死んだんだ。おそらくこの子たちもエイズにかかってるはずだ。だから、この子たちから離《はな》れていろよ」

「うちにエイズを持ちこんだってわけ!?　なんだってそんなことを……」アグネスおばさんがさけんだ。

「この子たちにさわったり、同じコップから飲んだりしなければ、だいじょうぶさ」ワイソムおじさんが言い聞かせた。「ちゃんとわかってるんだ」

「そうじゃないよね？」ビンティが小声でジュニに言った。

「なんだって？　子どもがひそひそ内緒話《ないしょばなし》をするのは気に入らないね」アグネスおばさんがビンティをにらんだ。

ジュニが黙《だま》っているので、ビンティが言った。

「あたしたちはエイズじゃないって、言ったんです。それに万一エイズだとしても――」

「子どもは口答えするもんじゃないよ」アグネスおばさんは、ビンティとジュニの真ん前に立ち、二人の顔に指をつきつけた。「わかったかい？」

ジュニは足元に目を落としていた。ビンティはちょっとだけおばさんをにらんでいたが、すぐに目をそらし、落ち着いて答えた。

「はい、アグネスおばさん」

「よし、それじゃあ中に入ろう」ワイソムおじさんが言った。「この二人は、わたしの弟の子どもたちだ。歓迎《かんげい》してやろうじゃないか」

なんという歓迎《かんげい》だろう、とビンティは思った。

アグネスおばさんとワイソムおじさんは、小さな食堂《しょくどう》を経営《けいえい》していた。お客はほとんどが建設労働者《けんせつろうどうしゃ》か、昼食を食べにやってくるトラック運転手だ。

「この子たちをレストランで手伝《てつだ》わせるといい」おじさんがおばさんに言った。「じゅうぶんに手伝《てつだ》いができる年になってるからな」

「食事の用意はさせられないよ。エイズがうつるかもしれないからね」アグネスおばさんが言った。

「お客に出す食べ物をつくらせればいいさ。家族が食べるものにさえさわらなければいい」ワイソムおじさんが言った。

こんなことを二人の目の前で言うなんて、おじさんもおばさんもなんて失礼《しつれい》なんだろう、とビンティは思った。ジュニは何も言わなかった。

おばさんの指がまた自分につきつけられるのは嫌《いや》だったが、ビンティには言っておかなければならないことがあった。できるだけていねいに言うつもりだった。

「ジュニは学校へ行かないといけないんです。今年、中等学校修了《しゅうりょう》の最終《さいしゅう》試験《しけん》を受けることになってたんです。ブランタイアでは特別授業《とくべつじゅぎょう》も受けていました。ここでも特別授《とくべつじゅ》業《ぎょう》を受けさせてください。でなければ、少なくとも学校に行かせてください」

「おまえたちは、お父さんにりっぱな学校に行かせてもらって、うちの子たちよりすでにいい教育を受けてきたんだ。それに試験《しけん》を受けるための金など、うちにはないよ」ワイソムおじさんが言った。

「あたしたちから盗《ぬす》んだお金があるじゃないですか」ビンティがそう言ったとたん、ほおをピシャッと引っぱたかれた。

「その手、洗《あら》ってきなさいよ」アグネスおばさんは夫《おっと》に言うと、ジュニとビンティのカバンを持ちあげて家の中に入り、寝室《しんしつ》の一つに向かった。

ワイソムおじさんの家族は、食堂《しょくどう》の裏手《うらて》にあるいくつかの部屋で暮《く》らしていた。家はビンティたちが住んでいた家より少し大きいとはいえ、家族の人数もずっと多かった。

「あたしたち、ここで寝《ね》るんですか？」ビンティはたずねた。その部屋には、三つのベッドがきゅうくつそうに並《なら》んでいた。

「ここは、うちの子たちの部屋だよ」アグネスおばさんはそう言うと、ジュニの服の一枚《まい》をカバンから出して持ちあげた。「おしゃれな服がいっぱいあるじゃないか」

「どうりで弟に金が残《のこ》ってないわけだよ。金をむだに使って、娘《むすめ》たちにおしゃれな服をいっぱい買ってたらしいな」ワイソムおじさんが言った。

「古着屋さんで買ったんです」ビンティは父さんを弁護《べんご》した。「ジュニが見つけたときは、こんなにすてきじゃなかったんですよ。ジュニは服を選《えら》ぶのがうまくて、縫《ぬ》うのもじょうずなんです」

「そうかい。それなら今度はお客に食べ物を出すのに才能《さいのう》を使ってほしいね。口答えするんじゃないよ。あたしまでおまえたちを引っぱたきたくはないからね。子どものくせに生《なま》意気《いき》だよ。しかもうちの子じゃないんだからね」アグネスおばさんが言った。

ビンティは、なんとか言ってほしいと思ってジュニを見たが、ジュニは石みたいに黙《だま》って つっ立っているだけだった。その間にアグネスおばさんばかりか、ほかの子どもたちも部屋に入ってきて、ジュニが時間をかけてていねいにつくろった服をあさりだした。

「これはなんだい?」アグネスおばさんが、「ユース・タイムズ」を持ちあげた。

「それはあたしのです。あたしについての記事が載《の》ってるんです」ビンティが言った。

「まあ、お偉《えら》いんだね」アグネスおばさんは、ビンティやジュニからとりあげるものの山の上に「ユース・タイムズ」もおいた。

「ふだん着は学校の制服《せいふく》でいいね」おばさんが決めた。「ほかの服はいらないだろ」

ビンティとジュニは、寝間着《ねまき》と教会に行くときのよそ行きの服も、一枚《まい》ずつ持っていていいことになった。でも、よそ行きの服も、いちばんいいのはとりあげられた。ビンティは「ゴゴの家族」の最後《さいご》の台本も持っていていいことになったが、それはおばさんが売れないと判断《はんだん》したためだった。

「おまえたちは、倉庫《そうこ》で寝《ね》なさい」ワイソムおじさんがジュニに言った。「夜は床《ゆか》にマットレスを敷《し》いてあげよう。それで楽に寝《ね》られるはずだ」

二人は、もうその日から働《はたら》かされた。日曜日なので食堂《しょくどう》は閉《し》まっていたが、夕食のお皿を洗《あら》ったり台所をきれいにしたりしなければならなかった。ビンティとジュニは、お皿もコップもボウルもナイフやフォークも家族とは別《べつ》のを使うように言われ、ほかの人のものを使ってはいけないと言いわたされた。

寝《ね》る時間になると、ビンティはホッとした。倉庫《そうこ》は家の裏《うら》に隣接《りんせつ》していた。トウモロコシの袋《ふくろ》や料理《りょうり》油《あぶら》の樽《たる》が並《なら》んでいるすき間に、ワイソムおじさんがマットレスを敷《し》いてくれた。アグネスおばさんは、「チペロニ毛布《もうふ》」をとりあげ、かわりに古い毛布《もうふ》をくれた。

オイルランプも一つくれたけれど、念《ねん》を押《お》すのも忘《わす》れなかった。

「夜じゅう明かりをつけとくんじゃないよ。ランプの油がもったいないからね」

ようやく二人だけになった。二人は寝間着《ねまき》に着替《きが》えて寝床《ねどこ》に入り、ジュニが明かりを消した。

ブランタイアで慣《な》れ親《した》しんでいた音は、ここでは聞こえなかった。ソファで眠《ねむ》ったり絵を描《か》いたりしていたクワシは、もういない。父さんも、もういない。何もかもがなくなってしまった。

「ジュニ？　ここにどのくらいいなくちゃいけないの？」ビンティはきいた。

体を丸めてビンティに背《せ》を向けていたジュニは、何も言わなかった。

「どのくらいここにいなくちゃいけないの、ジュニ？」ビンティは姉の背中《せなか》をつついた。

「ほっといてよ」ジュニが言った。

ビンティは黙《だま》り、闇《やみ》を見つめながらジュニがシクシク泣《な》く声を聞いていた。そのうちに二人とも寝入《ねい》ってしまった。

「お金を隠《かく》す場所を見つけなくちゃ」翌朝《よくあさ》ビンティが目をさますとすぐに、ジュニが言った。「よく見てさがしなさい」

　さがす時間はほとんどなかった。朝早くから一日じゅう働《はたら》かされたからだ。洗濯《せんたく》をし、昼食の客が来る前に食堂《しょくどう》の掃除《そうじ》をし、お皿を洗《あら》った。ジュニはさらに、二人の服をいとこたちの寸法《すんぽう》に合わせて縫《ぬ》い直《なお》す役目もおおせつかった。

　二日目の夜寝《ね》る前に、ビンティとジュニは倉庫《そうこ》のあちこちを見て回った。奥《おく》に板が一枚《まい》ゆるくなっているところがあったので、お金はそこに隠《かく》した。

＊

　二人が来て一週間たったとき、食堂《しょくどう》を夜は酒場にするとワイソムおじさんが発表した。ビールやラム酒やウイスキーを、その場で飲ませたり売ったりするというのだ。

「ジュニはよく働《はたら》く。働《はたら》きぶりは見させてもらったよ。ジュニがウエートレスをすれば、客も喜《よろこ》ぶだろう」

「家の仕事もちゃんとしてくれるならね」アグネスおばさんが言った。

　となりの部屋の床《ゆか》をはいていたビンティは、ほうきをバタンと落として抗議《こうぎ》した。

「ジュニは試験《しけん》の勉強をしないといけないんです！　最初《さいしょ》の日に言ったじゃないですか。学校に行って勉強しないと。こんなに働《はたら》いてばかりいたら、勉強の時間がなくなってしまいます」

「ほうきを拾いなさい！　あんたの不平《ふへい》にはうんざりだよ。姉さんのほうは、一度も不平《ふへい》を言わないじゃないか」アグネスおばさんが言った。

ジュニも不平《ふへい》を言えばいいのに、とビンティは思った。

「わたしたちは、おまえたち二人を拾ってやったんだ」ワイソムおじさんがつけ加《くわ》えた。「うちは金持ちじゃないんだよ。子どもも多いし、仕事もたくさんある。でも、おまえたちを家族として受け入れて、食べ物や部屋をあたえているんだ。それ以上《いじょう》を望《のぞ》むなら、金持ちの親戚《しんせき》をさがすんだな。さあ、文句《もんく》を言わないで働《はたら》きなさい。おまえたちは、なんの身分もないみなしごじゃないか。今の状態《じょうたい》があるだけでも感謝《かんしゃ》するのが当然《とうぜん》だ」

ビンティはほうきをとりあげて、また掃除《そうじ》を始めた。そしてだれも見ていないときに、集めたゴミをじゅうたんの下に入れてやった。抗議《こうぎ》のしるしというにはあまりにもささやかだが、少しだけ気分がすっとした。

10 みなしご

次の夜、酒場はオープンした。

「マラウイの独立《どくりつ》記念日《きねんび》七月六日の前の晩《ばん》は、みんな早々《はやばや》と祝《いわ》おうとするからな」というのがワイソムおじさんの考えだった。

その前から倉庫《そうこ》にはクチェクチェ・ビール（マラウイ国《こく》産《さん》のビール）のびんや、チブクという濁《にご》り酒《ざけ》のカートンが運びこまれて、ごたごたしていた。

ジュニは、酒場で遅《おそ》くまで働《はたら》かされた。ビンティはテーブルから空《あ》きびんを集め、裏《うら》でコップを洗《あら》う役目だったが、酒場がまだにぎわっている時間にもう寝《ね》るようにと言われた。

「あんたは、朝早くから掃除《そうじ》を始めてもらわないといけないからね」アグネスおばさんが言った。

ジュニがいない倉庫《そうこ》にひとりでいるのはさびしかったが、酒場から聞こえてくる人の声やラジオの音楽が相手をしてくれた。ブランタイアにいたときの夜を思い出した。

「もう起きてなくちゃいけない時間だよ」

翌朝《よくあさ》目をさますと、いとこのメアリがマットレスを見おろすように立っていた。メアリはビンティより二、三歳《さい》年下だ。

「今行くわ」ビンティが、あくびをしながら答えた。ゆうべ酒場から聞こえてきた音は慰《なぐさ》めとなってくれたが、なかなか眠《ねむ》れなかったのも確《たし》かだった。

「早く起きて、あたしの服を用意してよ。祝賀会《しゅくがかい》に行くんだからね」

いとこたちは、スポーツ・スタジアムで行われる独立記念日《どくりつきねんび》の祝賀会《しゅくがかい》にクラス単位《たんい》で参加《さんか》するのだ。

「自分で用意すれば?」

「あんたは、みなしごなんだから、あたしの言うことを聞かなくちゃいけないのよ」

メアリは、毛布《もうふ》ごしにビンティの脚《あし》をけとばした。

「起きないと、ママに言いつけるよ」そう言ってメアリはもう一度けとばすと、倉庫《そうこ》から走り出ていった。

「あんな口のきき方するべきじゃないわよ」ビンティはつぶやいた。「あたしたちだって人間なのに。みなしご、みなしごって！」

「いいから起きて、仕事を始めなさいよ」ジュニがうなった。「わたしは、すごく遅《おそ》くまで働《はたら》いてたのよ。アグネスおばさんに、どなりに来てほしくなんかないの。朝は寝《ね》てていいって言われたけど、おばさんは忘《わす》れっぽいからね」

「だけど――」

「いいからもう行って」ジュニは頭から毛布《もうふ》をかぶってしまった。

ビンティは出ていった。

その日はマラウイの祭日なので、学校は休みで子どもたちは家にいた。スポーツ・スタジアムの催《もよお》し物《もの》は午後にならないと始まらない。年上のいとこたちも、家事や商売を手伝《てつだ》うことにはなっていたが、それもますますジュニやビンティに押《お》しつけられるようになってきていた。

ビンティは最初《さいしょ》に食堂《しょくどう》を掃除《そうじ》し、家族が朝食を食べた後片《あとかた》づけをしてから、冷《つめ》たいンシマと紅茶《こうちゃ》で自分の朝食をとった。

「今日は祭日だから、バナナも食べていいって、ママが言ってたわよ」台所に入ってきたメアリが言って、テーブルの上のバナナの房《ふさ》をあごでしゃくった。「ほら、一本とりなよ」

ビンティはすぐに手をのばすと、バナナを一本もいで皮をむいた。半分ほど口に入れたところで、メアリがどなった。

「ママ！　ビンティがバナナを盗《ぬす》んでるよ！」

ビンティは大急ぎでバナナを口の中に押《お》しこんだ。おなかの中におさまってしまえば、アグネスおばさんがいくら金切《かなき》り声《ごえ》をあげたところで、とり戻《もど》すことはできない。

遅《おそ》くまで寝《ね》ていたジュニは、食堂《しょくどう》で出すランチの用意に間に合うように起きてきた。ビンティも、薬味に使うトマトとタマネギを刻《きざ》むのを手伝《てつだ》い、お昼のかき入れ時には皿洗《さらあら》いもした。ンシマと薬味やチキンとジャガイモをよそったり、倉庫《そうこ》からペプシやファンタのびんを持ってきたりもした。ランチが終わると、夜の客を迎《むか》えるために、また食堂《しょくどう》を掃除《そうじ》した。

こうして毎日、毎週が過《す》ぎていき、いつもビンティが着ている学校の制服《せいふく》は、しだいにみすぼらしくなっていった。ビンティは、自分がかつては監督生《かんとくせい》だったことや、ラジオに出演《しゅつえん》していたことを、もう忘《わす》れかけていた。自分が特別《とくべつ》だということを示《しめ》そうと、台本を見せびらかしながらブランタイアの通りをそぞろ歩いていたことも。

メアリ以外《いがい》の年長のいとこたちは、何か用を言いつけるときに口をきくだけで、あとはビンティを無視《むし》していた。幼《おさな》いいとこたちは、ときどきビンティを遊びの的《まと》にして、トウモロコシのつぶを投げつけたりした。そして、散《ち》らかったつぶを片《かた》づけるようアグネスおばさんに言われると、大声で笑《わら》ったりした。

ビンティもときには仕返しをした。だれも見ていないすきに、その子たちのコップで水を飲み、洗《あら》わずにまた棚《たな》に戻《もど》しておいた。それで死ぬなら、みんな死んでしまえばいいと思ったのだ。でも、何週間たってもだれも死なないので、その望《のぞ》みは消えかけていた。それに、いつも仕事が山のようにあるので、やり返す気力も出ないほど疲《つか》れていた。

「そばに立たないでよ」いとこのひとりが言うと、ビンティはおとなしく立つ位置《いち》をずらした。

ジュニはうつむいて仕事をこなし、ほとんど話さなくなっていた。学校の制服《せいふく》のブラウスにしみがついても、もう気にしなかった。ボタンがとれても、つけ直さなかった。あれほど外見を気にしていたジュニなのに、どんどんみすぼらしくなっていく。

ジュニの沈黙《ちんもく》は、ビンティが胸《むね》を痛《いた》めていることの一つだった。ビンティは、父さんや兄さんの話をして、悲しくてたまらない気持ちをぶつけようとしたが、ジュニは話にのらず、沈黙《ちんもく》をつづけた。ビンティは、しだいに何をどう言っていいかわからなくなった。

夜、空《あ》きびんを片《かた》づけていると、ジュニがお客にビールをつぐのを目にすることもあった。男たちは冗談《じょうだん》を言い、ジュニを笑《わら》わせようとしていた。男たちが肩《かた》や腰《こし》に手を回すと、ジュニは身をよじりながら笑《わら》い声《ごえ》をあげた。でも、暗い酒場の片隅《かたすみ》からでも、ジュニの目は笑《わら》っていないのが見てとれた。

ある晩《ばん》、酒場が静《しず》かなのでワイソムおじさんがラジオをつけると、「ゴゴの家族」が流れてきた。お客はみんな黙《だま》って、ゴゴが家族二人の間のいさかいを仲裁《ちゅうさい》したり、子どもが飢《う》えているのにビールばかり飲んでいる村人を叱《しか》ったりするドラマに聞き入った。ビンティはこのときの話をおぼえていた。ビンティが扮《ふん》する少女ケティは、酔《よ》っぱらいの男の子どもたちに食べ物を持っていき、親切心からというよりは騒《さわ》ぎを起こしたいがゆえに、その男のことをゴゴに言いつけるのだ。

番組の終わりを告《つ》げる音楽の音がだんだん小さくなっていくと、ワイソムおじさんが言った。

「このドラマでケティの役をやってるのは、うちの姪《めい》なんですよ」おじさんは、クチェクチェ・ビールのびんを片《かた》づけているビンティのほうに手を向けた。

お客たちが拍手《はくしゅ》した。ビンティは驚《おどろ》き、ちょっとの間自分の人生をとり戻《もど》したような気がした。

「こっちに来て腰《こし》かけなよ」カウンターにいたひとりのお客が、となりのいすをたたきながら誘《さそ》った。「マラウイ・シャンディをおごってあげよう。飲んだことあるかい?」

ビンティは、おじさんが止める前に、そのいすにすわっていた。おごってもらうことなんて、ずいぶん久《ひさ》しぶりだったからだ。

「マラウイ・シャンディはおいしいんだぞ」男は言った。「ジンジャーエールとジュースを混《ま》ぜて――」

「どきなさい!」

ビンティをいすから引きずりおろしたのは、おじさんではなくジュニだった。

「妹はまだ酒場ですわるような年齢《ねんれい》になってないんです」ジュニは男にそう言うと、ビンティを台所に引っぱっていった。後ろでは客たちの笑《わら》い声《ごえ》がひびいていた。

「何も悪いことなんかしてないわよ！」ビンティが抗議《こうぎ》した。

「お客のそばに寄《よ》っちゃだめ！　酒場に入るときは、うつむいて、空《あ》きびんを集めたらすぐに出てきなさい」ジュニが命令《めいれい》した。

「あたしはただ――」

「あんたがどう思おうと関係《かんけい》ないの。わたしの言うとおりにして！　言うことをきかないと、ただじゃおかないからね！」

ビンティが約束《やくそく》すると、ジュニはビンティの腕《うで》を放して、仕事に戻《もど》っていった。

ビンティはにやっとした。姉さんが、やっともとに戻《もど》ったような気がして、ホッとしたのだ。

でもジュニの怒《いか》りも長くはつづかなかった。すぐにまたジュニは沈黙《ちんもく》の中に閉《と》じこもり、おばさんの家族に言われたとおりのことをするようになった。しかしビンティはちがった。

昔の暮《く》らしの断片《だんぺん》を耳にしたことで、ビンティは霧《きり》の中から抜《ぬ》け出《だ》したのだ。何しろマラウイじゅうの人たちが、自分の声を聞いていたのだ！　ホテルのステージで演《えん》じたときは、みんなの拍手喝采《はくしゅかっさい》をあびたのだ！　今は意地悪な親戚《しんせき》と暮《く》らさなくちゃいけないけれど、それでも自分は特別《とくべつ》な存在《そんざい》なのだ。自分は、歓迎《かんげい》されないみなしごというだけの人間ではないのだ。

ビンティは、悲しみではなく怒《いか》りを感じるようになっていた。

「あたしに近づかないで！　もっと離《はな》れてよ」ある朝、開店前の食堂《しょくどう》でメアリが言った。

「あんたになんか指図《さしず》されないわ」ビンティは落ち着いた声で答えた。

「あんたはみなしごで、穀潰《ごくつぶ》しなんだもの。あたしの言うことをきかなくちゃいけないのよ」

「あたしのほうが年上よ。言うことをきく必要《ひつよう》なんかないわ」ビンティはそう言うと、さらにメアリに近寄《ちかよ》った。

「離《はな》れてよ！　あんたのお母さんはエイズで死んだんでしょ！」メアリがさけんだ。

「ちがうわよ」

「そうよ。あんたのお父さんもね。バンボがそう言ってたもん」

「あたしの母さんも父さんも、りっぱな人だったわよ。だれかの親みたいに、ウソを言いふらしたりはしなかったの」ビンティは年下の少女をにらんだ。

メアリは、できるだけ嫌《いや》な表情《ひょうじょう》になるように顔をしかめながら言った。

「あんたの親はエイズで死んだのよ。それに、たぶんあんたもエイズにかかってる。あんたから離《はな》れてろって、ママに言われてるもん。じゃないとうつるからって」

「あら、そう？」ビンティはけんか腰《ごし》で言った。「じゃあ、エイズがうつらないためには、どのくらい離《はな》れてればいいと思うわけ？」

メアリは困《こま》った顔になった。

「たぶん、最低《さいてい》このくらいよ」

「だったら、もしあたしがちょっとでも近づいたら、危険《きけん》になるわけ？」ビンティは、いとこのほうに少しだけ近づいた。

「離《はな》れてなさいよ！」

「もうちょっと近づいたら？」

ビンティは、大きく一歩近づいた。メアリは、恐《おそ》ろしさのあまり目をむいた。

「はっきりしないとだめよ」ビンティがまた言った。「これ以上《いじょう》はだめ、っていうところをきっちり知っときたいのよ。大事なあんたに何かあったらまずいでしょ」

「近寄《ちかよ》らないで！」

「じゃあ、あたしがもし腕《うで》にさわったら、あんたはエイズになるってわけ？」

「さわらないで！　ママがさわっちゃいけないって言ったでしょ！」

ビンティは年下のメアリを部屋の隅《すみ》まで追いつめていった。こうなると、メアリはビンティを押《お》しのけないと逃《に》げることができない。

父さんを病院に連《つ》れていって以来《いらい》、何かが楽しいと思ったのは初《はじ》めてのことだった。メアリの肩《かた》に片手《かたて》をのばす。

「ママ！」メアリがさけんだ。

ビンティは、のばした手をいとこの肩《かた》においた。ぶったわけではないが、さわったことがしっかりわかるようにした。

「これはだめだってこと？」

「ママ、ビンティがさわるよう！」

「だったら、こういうのは？　それとも、これはどう？」

ビンティは、指の先でメアリの腕《うで》にふれ、ほおにふれ、また肩《かた》にふれた。

アグネスおばさんは、あっという間に現《あらわ》れた。

「どきなさい！」

アグネスおばさんは、ビンティをぶとうとして片手《かたて》をあげた。ビンティは身がまえて覚《かく》悟《ご》したが、アグネスおばさんの手は宙《ちゅう》にういたままだった。

「あたしをぶつのがこわいのね、そうでしょ？　ぶったら、エイズがうつると思ってるんですよね」ビンティは、おばさんの愚《おろ》かさを笑《わら》った。

おばさんは、あたりを見回して、近くにあったハエたたきをつかんだ。そして、それで、何度も何度もビンティをたたいた。

ゴム製《せい》のハエたたきは、とても痛《いた》かったが、ビンティはあまりにも腹《はら》が立ち、プライドも持っていたので、おばさんやいとこには涙《なみだ》を見せなかった。

おばさんにぶたれ、恩知《おんし》らずとののしられている間、ビンティは自分にこう言い聞かせ

ていた――あたしは、おばさんの家族が逆立《さかだ》ちしてもかなわないくらい大事な人間なのよ。

それから数分後、洗濯《せんたく》の手伝《てつだ》いをしに外に出てきたビンティに、ジュニが言った。

「もうちょっと、おとなしくしていられないの？」

おばさんやいとこに見られないところまで来たとたん、ビンティのほおを熱《あつ》い涙《なみだ》がぬらしていた。

「メアリにお灸《きゅう》をすえてやろうと思っただけよ」ビンティは泣《な》きながら言った。

「そんなことしても、なんの役にも立たないわ。かえって悪い方向に向かうだけよ」ジュニは言った。

「これ以上《いじょう》悪くなりようがないでしょ？」

そう言うと、ビンティは、今洗《あら》っているレースの縁飾《ふちかざ》りがついた青いワンピースを持ちあげた。ビンティがラジオ局に着ていったワンピースは、今はメアリのものになっている。

冷《つめ》たい石けん水が腕《うで》を伝《つた》ったが、ビンティはそのワンピースをジュニの顔の前につきつけた。やがてジュニがふり払《はら》うと、ビンティは言った。

「この家に来るなり、何もかもはぎとられたじゃないの」

「食べるものはあるでしょ？　寝《ね》るところだってあるじゃない」

「どうしてもっと怒《おこ》らないの？」ビンティはきいた。

「もう少しおとなになってよ。わたしの気持ちなんか、あんたにはわかんないわ。さあ、黙《だま》って仕事にかかりなさい」ジュニは言った。

ビンティは、ワンピースを石けん水の中に落とした。

「人生は、食べたり眠《ねむ》ったりするだけのものじゃないって、前は言ってたじゃない。将《しょう》来《らい》の計画を立てなきゃいけないって言ってたじゃない」

ジュニは、いとこの服をごしごしこすっているだけで、もう何も言わなかった。

11 ジュニの決心

「ラジオ放送でもらったお金はもう残《のこ》ってないのかい？」

ある日、アグネスおばさんがビンティにたずねた。ハエたたきでビンティをぶって以来《いらい》、おばさんはずっと近寄《ちかよ》ってこなかったのに。

ビンティはンシマのなべを洗《あら》っているところだった。

「父さんの棺《ひつぎ》を買わなくちゃならなかったんです」なべから目を離《はな》さずにビンティは答えた。

「そう。りっぱな棺《ひつぎ》のことは聞いたよ」おばさんは言った。「あんたのお父さんは、そりゃあ大事な人だったってわけなんだね？」

「あたしたちにとっては」ビンティはそう言ったものの、口答えするんじゃないと叱《しか》られるのを覚悟《かくご》していた。

おばさんは小言《こごと》も言わなかったし、その場を立ち去りもしなかった。ビンティの横に立って、なべを洗《あら》うのを見つめている。

ビンティは、なべを洗《あら》いつづけ、ついていない汚《よご》れまでこすりとっているふりをしながら、おばさんが早く向こうへ行けばいいと思っていた。

ようやくおばさんはまた口を開いたが、ビンティが初《はじ》めて聞く、頼《たよ》りなさそうで少し悲しそうな声だった。

「うちの子も、そんなふうにしてくれるのかねえ？　あたしのためにりっぱな棺《ひつぎ》を用意するほど大事に思ってくれるのかねえ？」

ビンティはびっくりして、すぐに答えることができなかった。頭にパッとうかんだのは、「おばさんを愛《あい》してる人なんかいないわ」「ろくでなしのいとこたちは、アリ塚《づか》におばさんの遺体《いたい》を放《ほう》りこむでしょうよ」というような悪口だった。

しかしビンティは、ふり向いておばさんを見つめ、こう言ったのだった。

「きっといちばん高い棺《ひつぎ》を買ってくれますよ」

それを聞くと、おばさんは心のうちを見せたことが急に恥《は》ずかしくなったらしく、こう言った。

「ほら、前を向いて、仕事をつづけなさい」

アリ塚《づか》のほうを言えばよかったな、とビンティは思い、おばさんが何千匹《なんぜんびき》ものアリにたかられているところを想像《そうぞう》して、ちょっとゆかいになった。

それからしばらくたったある晩《ばん》、ビンティが目をさましたところへ、ジュニが戻《もど》ってきた。アグネスおばさんとワイソムおじさんが二人を家族から遠ざけたのは、親切でしたことではなかったが、二人にとってはありがたかった。ビンティとジュニだけで過《す》ごす時間ができるからだ。

ジュニはランプに火をつけると、声を立てるな、とビンティに合図した。

ビンティが見ていると、ジュニはスカートのポケットからお金をとり出して、秘密《ひみつ》の隠《かく》し場所につっこんだ。それから寝間着《ねまき》に着替《きが》えてビンティの横にもぐりこみ、ランプを吹《ふ》き消《け》した。

「そのお金、どうしたの？」ビンティが小声できいた。

「ここから抜《ぬ》け出《だ》すためよ」ジュニがささやき返した。「クワシもさがし出して、三人でどこかに小さな家を借《か》りるの。学校も卒業《そつぎょう》したいし。こんな暮《く》らし、ずっとつづけるつもりはないから」

「でも、さっきのお金は？」

「やさしくしてあげると、お金をくれる男の人もいるの。やさしくすればするほど、いっぱいお金をくれるのよ」ジュニは言った。

ビンティはしばらく考えてから言った。

「あたしも、男の人にやさしくしようかな。そうしたら、もっとお金がたまるでしょ」

ジュニは起きあがり、息が止まりそうなほど強くビンティをつかんだ。

「お客には近づくなって言っといたでしょ。近くにいるところを見つけたら、ただじゃおかないわよ」ジュニはかんかんに怒《おこ》っていたので、声をひそめることも忘《わす》れていた。

「ごめん」ビンティは言った。

「これ以上《いじょう》めんどうを起こさないで」ジュニはビンティから離《はな》れて寝床《ねどこ》に丸くなった。

ビンティはちょっとためらってから、ジュニの背中《せなか》に腕《うで》を回した。ジュニがふり払《はら》おうとしなかったので、そのまま二人は眠《ねむ》りに落ちていった。

次の週も、その次の週も、こうして過《す》ぎていった。ジュニは、ほとんど毎晩《まいばん》のように、秘密《ひみつ》の隠《かく》し場所にお金を足していった。昼間は二人とも働《はたら》いたが、ジュニが二人のためにお金をためていることを知ったビンティは、おばさんやおじさんに逆《さか》らわないように努《つと》めた。

「お金がたまったら、すぐにここを出ようね」ジュニは言った。

「そしたらブランタイアに戻《もど》って、ラジオの仕事がまたもらえるね」

ジュニは長いこと黙《だま》りこくっていた。ノエルのことを考えているのかもしれなかった。

「最初《さいしょ》はモンキー・ベイに行くのよ」やがてジュニが言った。「クワシを迎《むか》えにいかなくちゃ。それからどうするか決めようね。なんとか暮《く》らしていける場所をさがさなくちゃ。そしたら、学校にも戻《もど》れるわ。まだチャンスはあるのよ」

ところがそのチャンスは、数日後につぶされてしまった。

「ママ！　ほら、こんなの見つけたよ！」

ある朝、メアリがそう言いながら食堂《しょくどう》に駆《か》けこんできた。ビンティとジュニは、一時間ばかり前から食堂《しょくどう》の掃除《そうじ》をしているところだった。メアリの手には、お札《さつ》の束《たば》がにぎられていた。

「どこから持ってきたの？」アグネスおばさんがたずねた。

「倉庫《そうこ》にあったの。この子たちが寝《ね》てるところにね」メアリはそう言って、ビンティとジュニを指さした。

「それ、あたしたちのお金よ！」ビンティはさけんだ。

ジュニは雑巾《ぞうきん》をおいて、そばのいすにすわっただけだった。

「ラジオ局からもらったお金と……」

ジュニが酒場の男たちからお金をもらっているということは、言わないほうがいいような気がした。

「それと何よ？」アグネスおばさんがきいた。

「それだけ。ラジオに出てもらったお金です」

「ラジオのお金は全部使ったって言ってたじゃないの」

「ウソついたんです」

「きっと盗《ぬす》んだのよ」メアリが、意地悪そうな笑《わら》いをうかべながら言った。

「盗《ぬす》んだのかい？」

「あたしのお金なんです。ラジオ局が払《はら》ってくれたんです」ビンティは言いはった。

「もしそうなら、いくらあったか言ってごらん」

ビンティは、口をぱくぱくさせながら、どう言おうかと考えた。

「お金をいつも数えてるひまなんかありません」

「この件《けん》は、あんたたちのおじさんと相談しなくちゃいけないね」

アグネスおばさんはそう言うと、食堂《しょくどう》を出てワイソムおじさんをさがしにいった。メアリも、ビンティに向かって舌《した》を出すと、おばさんについていった。

ビンティはジュニのとなりにすわったが、二人とも言葉は出てこなかった。

しばらくすると、ワイソムおじさんがアグネスおばさんや子どもたちといっしょに食《しょく》堂《どう》に入ってきた。

「おまえたちは、弟の子どもだ」おじさんは、重々《おもおも》しい口調《くちょう》で話した。「だから、うちの金を盗《ぬす》んだからといって通りに放《ほう》り出《だ》すことはしない。本来なら警察《けいさつ》に引きわたすべきところだが、それもしない。おまえたちは、父親の喪《も》に服している わけだし、服喪中《ふくもちゅう》の人間はときとして奇妙《きみょう》な行動をとることがあるからな。とはいえ、もうおまえたちをわたしの家族としておいておくわけにはいかない。ここ何日かの間に、おまえたちを引きとってくれるところをさがしてやろう。働《はたら》き手を必要《ひつよう》としている家族もあるからな。それまでは、倉庫《そうこ》に引っこんでてくれ」

おじさんたちは、お金をにぎったまま食堂《しょくどう》を出ていった。

ジュニとビンティは、倉庫《そうこ》に入っていった。そしてマットレスを敷《し》いて、その上に腰《こし》をおろした。ビンティは姉の肩《かた》に手をおいた。二人はそうして長いことすわっていた。言葉は出てこなかったし、泣《な》きもしなかった。

その晩《ばん》、ビンティがふと目をさますと、寝床《ねどこ》の向こうが空っぽだった。手をのばして毛布《もうふ》をさわってみると、一枚《まい》の紙に手がふれた。マッチをすってランプをつけると、ビンティはジュニが残《のこ》していったそのメモを読んだ。

ビンティ、わたしはここを出てお金をかせぎにいきます。ほかの場所に移《うつ》される前に、ムランジェに行きなさい。ゴゴをさがすのよ。ゴゴのところで暮《く》らしなさい。そ

ジュニ

のうち迎《むか》えにいくからね。

ビンティは起きあがって服を着ると、残《のこ》っているわずかな持ち物を毛布《もうふ》の中に包《つつ》みこんだ。空が白《しら》んでくると、ビンティは倉庫《そうこ》を出た。酒場のカウンターの後ろにあるレジボックスは、ランプがなくても見えた。ナイフを使ってこじあけると、お札《さつ》を何枚《なんまい》かとり、ワイソムおじさんが起きてくるずっと前にビンティは食堂《しょくどう》を抜《ぬ》け出《だ》した。

12 ゴゴをさがしています

一度しか通ったことがなくても、ビンティはバスターミナルまで行きつくことができた。曲がり角は少なかったのでまちがえようもなく、判断《はんだん》に迷《まよ》ったのは一度だけだった。十字路に立ったビンティは、車や自転車や人々《ひとびと》が向かっていくほうに行ってみることにしたが、その判断《はんだん》は正しかった。

早朝のこんな時間でも、ターミナルはバスやミニバスで混雑《こんざつ》していた。重たい荷物を持った人や果物《くだもの》やお茶を売り歩く者たちもいる。

乗るバスをどうさがしていいかビンティはわからなかったが、それも心配にはおよばなかった。

「ブランタイア！」「ゾンバ！」「ムズズ！」と、運転手や切符《きっぷ》売《う》りが大声でさけんでいたからだ。

「ムランジェは？」ビンティは小さな声でおずおずと運転手にきいてみた。運転手が別《べつ》のほうを指さしたので、そっちに行ってみる。でも、そこでいいのかどうか自信《じしん》がなかった。「ムランジェ？　ムランジェに行きたいんです」ビンティは、もう少し大きな声できいてみた。

「ムランジェに行くって？　じゃあ、乗りな」運転手が言った。

「いくらですか？」

持っているお金でなんとか足りたので、ビンティはそのミニバスに乗った。

ミニバスは、初《はじ》めのうちはがらがらだったが、人ごみや車や道ばたの物売りの間をのろのろと進んでいくうちに、人が続々《ぞくぞく》と乗ってきて、ビンティは新聞を読んでいる男の人と、包《つつ》みをかかえている女の人の間にはさまれてしまった。ちょっとの間おじさんやおばさんやいとこたちのことを考えていたが、ビンティはやがて眠《ねむ》りに落ちた。目をさますと、自分が男の人に寄《よ》りかかっていたり、次に目をさますと女の人に寄《よ》りかかっていたりした。二人とも、迷惑《めいわく》がってはいないようだった。一度目をさましたときに、女の人が包《つつ》みの中からバナナを出してビンティにくれた。ビンティはお礼を言ってそのバナナを食べ、また眠《ねむ》りに落ちていった。

＊

「ここで降《お》りるんだよ」男の人が親切に言ってくれた。ビンティが降《お》りないと、奥《おく》にすわっている男の人も降《お》りられない。ビンティは、頭をふって目をさますと、ミニバスを降《お》りていった。

そこは別世界《べっせかい》だった。リロングウェの雑踏《ざっとう》も、押《お》し合《あ》うように並《なら》んでいた建物《たてもの》や人々《ひとびと》も遠くへ去っていた。ミニバスが停《と》まっているところは、ガソリンスタンドだった。ビンティが包《つつ》みを下において立っている目の前では、迎《むか》えに来た家族が降《お》りてきた人としゃべっていた。荷物をおいてまだ待っている人もいるが、これから迎《むか》えが来るらしく、みんな安心した顔をしている。たいていの人は、ミニバスを降《お》りると、そのまま歩き出した。行く先がはっきりわかっているのだ。

ビンティは乗客が全部降《お》りてから、後ろをふり返って息をのんだ。岩だらけの大きなムランジェ山がそびえたって、町を見おろしていた。もやが、まるで飾《かざ》りのように、あちこちにかかっている。深緑色の山すそから斜面《しゃめん》が急に盛《も》りあがって巨《きょ》大《だい》な峰《みね》につながっていた。その山は、ためらったあげくにここをよい場所とみなして居《きょ》を定めたように見えた。

この山と比《くら》べれば、ブランタイアのソチェ山など、小さな丘《おか》にしか思えない。感嘆《かんたん》して山をながめていると、後ろでクラクションが鳴った。どいてほしいと合図しているのだ。ビンティは包《つつ》みをとりあげ、道路ぎわまで歩き、左右を見て、どっちに行こうかと考えた。

セメントで固《かた》めた軒《のき》の低《ひく》い小さな店が並《なら》んで、食料品《しょくりょうひん》などを売っている。それ以外《いがい》にも道路ぎわには露天商《ろてんしょう》が並《なら》んでいた。ビンティは、ポケットにまだ残《のこ》っているお金に指をのばした。かなり長い時間ミニバスに乗っていたが、途中《とちゅう》でバナナ一本を食べただけなのでおなかがすいている。とはいえ、食べ物を買う気にはなれなかった。この先、何にお金が必要《ひつよう》になるかわからないからだ。お金はポケットに入れたまま、ビンティは歩き出した。

あたりには、保護者《ほごしゃ》がついていない子どもがたくさんいた。歩いている子も、何かを売っている子も、頭に物をのせて運んでいる子もいる。ただうろついているだけの子や、遊んでいる子もいる。笑《わら》っている子も、物乞《ものご》いをしている子も、露天商《ろてんしょう》から追《お》い払《はら》われている子もいる。

ビンティは、二車線の幹線《かんせん》道路のわきを歩いていった。ブランタイアやリロングウェと比《くら》べると車の数は少ないが、自転車の数は多かった。たいていの自転車には、薪《まき》の大きな山や食べ物がくくりつけられている。かごに子ヤギを入れている自転車もあった。舗装《ほそう》した道路からは、未舗装《みほそう》のわき道がいくつも出ているし、そのわき道からまた分かれている小道もある。ゴゴをさがすのは簡単《かんたん》ではなさそうだ。

だれかにきいてみよう、と思うけれど、だれにきいたらいいかわからなかった。

そんなとき、幹線《かんせん》道路から奥《おく》へ入った小さな丘《おか》の上に教会が見えた。ビンティの祖母《そぼ》は、教会に通っている。もしかしたら、これがその教会かもしれない。ビンティは教会へと向かった。近づくにつれて、歌声が聞こえてきた。そういえば、今日は日曜日だったのだ。

教会では、大勢《おおぜい》の人が集まって朝の礼拝《れいはい》を行っていた。石づくりのいすが並《なら》ぶ前で、みんながうたったり踊《おど》ったりしている。

唯一《ゆいいつ》の明かりは、石壁《いしかべ》の高いところにあけた小さな細い窓《まど》から入ってくる光だった。ビンティはみんなの後ろに立ち、ここにゴゴを知っている人がいるかどうか、どうやったらわかるだろう、と考えていた。

考えたあげく、ゴゴがバンボの葬儀《そうぎ》でやったように、自分も前のほうへ進んでいって、礼拝《れいはい》を中断《ちゅうだん》してもらうことにした。

ホテルでのパーティと同じだと思えばいい、と考えてビンティは勇気《ゆうき》を奮《ふる》い起《お》こした。決心がにぶらないうちにと思って、ビンティは早足で前まで歩いていった。

牧師《ぼくし》さんは、まだうたっていた。ビンティはその真ん前に立った。どうしたのかとたずねてくれればいいのだが。祝福《しゅくふく》を受けるために出てきたわけではないのだから。信徒《しんと》たちはなおもうたいつづけていたが、牧師《ぼくし》さんはかがみこんでビンティに言葉をかけた。

「何かご用かな？　だれかとごいっしょかな？」

「祖母《そぼ》をさがしているんです」ビンティは牧師《ぼくし》さんの耳にささやいた。「祖母《そぼ》と暮《く》らそうと思ってムランジェに来たんです。でも、祖母《そぼ》はまだそのことを知らないんです」

「おばあさんのお名前は？」

「プレシャス・ピリです」

牧師《ぼくし》さんは背筋《せすじ》をのばし、片手《かたて》をあげて歌をやめるよう合図した。それから信徒《しんと》たちにビンティが見えるよう、向きを変《か》えさせた。

「このむすめさんは、ムランジェのどこかに住んでいるおばあさんをさがしています。だれかプレシャス・ピリという人を知りませんか？」

「ぼく、知ってます」

教会の後ろのほうから、若《わか》い男の人の声が聞こえた。男の人は、前に出てきてまた言った。

「このむすめさんとも会ったことがあります。この子のお父さんのお葬式《そうしき》のときにね。ぼくはジェレマイアといいます」

ビンティも思い出したので、ジェレマイアと握手《あくしゅ》した。

「そのおばあさんは、ここから六キロほど離《はな》れたところに住んでいます」ジェレマイアは、牧師《ぼくし》さんに言った。「礼拝《れいはい》が終わったら、ぼくがそこへ連《つ》れていきましょう」

「すぐにわかってよかったですね。これも神様のおかげでしょう」

牧師《ぼくし》さんは、ビンティとジェレマイアにそのまま前にいるように言うと、集まっている人々《ひとびと》といっしょに神をほめたたえ、幸いを喜《よろこ》ぶ歌をうたった。

礼拝《れいはい》が終わると、ビンティは牧師《ぼくし》さんにお礼を言い、ジェレマイアについて教会を出た。

「きみには、お姉さんもいたよね？　お姉さんも来てるの？」

「いいえ」

「たしかジュニという名前だったね。元気なのかな？」

「ええ、姉の名前はジュニです。元気とは言えないと思うけど、はっきりはわかりません。今どこにいるか、知らないんです」

ジェレマイアは、歩みを止めた。

「何があったの？」

ホッとしたせいか、ビンティは今、怒《いか》りがわいてくるのを感じていた。

「父が死んだのはエイズのせいだって、祖母《そぼ》がみんなに言ったもんだから、ジュニは結婚《けっこん》を断《ことわ》られたし、あたしたち、おじさんの家族からとんでもない扱《あつか》いを受けてたんです」

「じゃあ、お姉さんはもう婚約《こんやく》してないの？」

「みんなゴゴのせいなんです。あんなウソを言うから」

「ウソじゃなかったんだよ、ビンティ。ぼくも、おばあさんといっしょに病院に行ったんだ。きみのお父さんは、エイズで亡《な》くなられた。お母さんもそうだった可能性《かのうせい》は高い」

ビンティは、それを聞くと泣《な》きだした。

「だけど、どうしてみんなに言わなくちゃいけないんですか？　そのせいで、何もかもがだめになっちゃったんですよ」

「真実は、ときにはつらいものなんだよ。でも、ウソはもっとつらい」ジェレマイアは、ビンティの肩《かた》に手をおいた。「おじさんがどんなひどいことをしたのかは知らないけど、想像《そうぞう》はつくよ。こっちへ来られて、よかったね。大歓迎《だいかんげい》だよ。おばあさんの家に連《つ》れていくから、何があったかは自分で話すといい」

ビンティは、両手で涙《なみだ》をぬぐった。そして小さな声でジェレマイアにたずねた。

「ゴゴの家には、あたしがいられるような場所がありますか？」

ジェレマイアはほほえんだ。

「もちろんさ。きみのおばあさんは、とても偉《えら》い人なんだ。この辺《へん》では有力者なんだよ。

そのうちわかるよ」

ジェレマイアは教会の敷地《しきち》を横切り、木にもたせかけてある自転車のところまで行った。

ビンティの緊張《きんちょう》はだんだんにほぐれてきていた。ゴゴがそれほど重要《じゅうよう》で力を持っているとすれば、「ストーリー・タイム」のラジオ局の建物《たてもの》みたいに、りっぱな家に住んでいるかもしれない。家事をやってくれる人も雇《やと》っているのかもしれない。ゴゴが有力者なら、ビンティをまたラジオに出してくれるかもしれない。

それに、自分の部屋だってもらえるかもしれない。セント・ピーターズ校には、自分の部屋を持っている子も通ってきていた。ビンティはいつも、自分の部屋がほしいと思っていた。

「自転車には、乗ったことある？」ジェレマイアがたずねた。

「いいえ、一度もないです。どこに乗ればいいんですか？」

「この上に腰《こし》かけるんだ」ジェレマイアは、荷台にくくりつけた木箱を手でたたいた。

「箱には何が入ってるんですか？」食べ物が入っているといいな、と思いながらビンティはたずねた。

ジェレマイアが箱をあけて見せてくれた。

「コンドーム、ＨＩＶ《エイチアイブイ》についてのパンフレット、血液検査《けつえきけんさ》の道具。ぼくは、若者《わかもの》の相談員をしてるんだ。自転車であちこち出かけて、若《わか》い人の相談にのる。相談してくるのは若《わか》い人ばかりではないけどね。エイズを予防《よぼう》するにはどうしたらいいかとか、エイズにかかったらどんな注意が必要《ひつよう》か、ということを話すんだ」

「エイズにかかったら、死ぬだけじゃないんですか？」ビンティはそう言いながら、木箱に腰《こし》をかけた。

「たしかに治療法《ちりょうほう》はない」ジェレマイアが言った。「でも、豊《ゆた》かな国の人たちは、薬を飲めば死なないですむ。ここでは、薬を買える人は少ないけどね。でも、だからといって、ぼくたちが悲観的《ひかんてき》になる必要《ひつよう》もないんだ」

ジェレマイアがサドルにまたがった。

「ぼくたちって？」ビンティはたずねた。

「ぼくもＨＩＶ陽性者《エイチアイブイようせいしゃ》なんだよ」ジェレマイアが言った。「さあ、ぼくの体に腕《うで》を回して、しっかりつかまるんだ。ぼくはじょうずな運転手だけど、でこぼこ道も通るからね」

ビンティはジェレマイアの背中《せなか》を見つめた。「HIV《エイチアイブイ》陽性者《ようせいしゃ》」という言葉が頭の中でこだましていた。それに、「うちの子たちにさわらないで。家族が使うコップは使わないで」というおばさんたちの声も聞こえてきた。ちょっとためらったのち、ビンティはジェレマイアの腰《こし》に手を回した。最初《さいしょ》はおそるおそるだったが、ジェレマイアがペダルをこぎ始めると、しっかりつかまるしかなくなった。

それにしてもジェレマイアは、ふつうの人と同じにしか見えないのに。

間もなくビンティはHIV《エイチアイブイ》のことは忘《わす》れ、乗っているのが楽しくなってきた。

自転車はすぐに幹線《かんせん》道路を離《はな》れ、未舗装《みほそう》の道を走ると、やがて林の中をぬう小道に入った。草ぶきの屋根をのせた泥《どろ》づくりの小屋の間を走っていくと、子どもたちが大勢《おおぜい》出てきたし、ニワトリたちは騒《さわ》ぎながら低《ひく》い木の枝《えだ》に飛《と》びあがった。すいすいと自転車が進んでいく道もあったが、たいていはでこぼこ道だった。自転車が揺《ゆ》れたり弾《はず》んだりするたびに、ビンティは悲鳴をあげて笑《わら》った。

ジェレマイアがあき地で自転車を停《と》めると、草ぶきの屋根をのせた小さな小屋が見えた。あたりにはニワトリがうろつき、子どもも大勢《おおぜい》いる。

「さあ、着いたよ」ジェレマイアが言った。

ビンティも木箱からおりた。

「何かのまちがいでしょう、だって……」ビンティは言いかけた。

ゴゴは、有力者だってジェレマイアは言っていたのに。りっぱな家はどこにあるのだろう？　この子たちはだれなのだろう？

「きみのおばあさんは、留守《るす》かもしれないな。このあたりの人たちを束《たば》ねている人だから忙《いそが》しいんだ」ジェレマイアが言った。

そのとき、背中《せなか》の曲がった小柄《こがら》な女性《じょせい》が小屋から出てきた。その人はジェレマイアを見、それからビンティを見てびっくりした表情《ひょうじょう》を見せると、老《お》いた顔ににっこり笑《え》みをうかべた。

「おや、ビンティじゃないか。わたしの孫娘《まごむすめ》だよ」

次の瞬間《しゅんかん》、ビンティはゴゴの腕《うで》にしっかり抱《だ》かれていた。

ともかくも、ビンティはゴゴの家に着いたのだった。

13

いとこたち

子どもたちも、ゴゴと同じように歓迎《かんげい》してくれたわけではなかった。

「おまえたちのいとこのビンティだよ。これからはいっしょに暮《く》らすんだ」ゴゴがみんなに言った。

よちよち歩きの子どもたちが、ゴゴのスカートの陰《かげ》からのぞいている。年長の子どもたちは、ニワトリを追いかける遊びをつづけている。火のそばにいる二人の女の子は、クスクス笑《わら》ったり、内緒話《ないしょばなし》をしたりしている。赤ちゃんも三人いた。二人は地面に敷《し》いたアシのござに寝《ね》かされ、ひとりはきつい顔の女の子におぶわれていた。その女の子は、ビンティと同じくらいの年齢《ねんれい》で、大きな棒《ぼう》でンシマのなべをかきまぜていた。着ているのは男の子のシャツで、それをチテンジのスカートにたくしこんでいる。

「ここにいるメモリーは、あんたが手伝《てつだ》ってやれば喜《よろこ》ぶよ」ゴゴが言った。

ビンティはにっこりして、握手《あくしゅ》しようと手を差《さ》し出《だ》した。メモリーは、手ではなく棒《ぼう》を差《さ》し出《だ》した。

「まずは、夕《ゆう》ご飯《はん》のしたくを手伝《てつだ》ってよ」にこりともしないで、メモリーが言った。

「ビンティが働《はたら》くのは明日からでいいさ」ゴゴが言った。

ビンティはメモリーが差《さ》し出《だ》した棒《ぼう》から手を放し、その棒《ぼう》が汚《きたな》かったわけではないが、包《つつ》みの布《ぬの》で手をふいた。

「こっちに来て、あんたの兄さんや姉さんのことを話しとくれ」

ゴゴは、ござの上から赤ちゃんをひとり抱《だ》きあげ、小屋の外においてある低《ひく》い木のベンチにビンティを誘《さそ》った。よちよち歩きの子のひとりが、ビンティのひざにのぼろうとした。身なりがひどく汚《よご》れているので、ビンティは抱《だ》きあげたくなかった。今着ている古い制服《せいふく》はだいぶんボロボロになってきていたが、少なくとも清潔《せいけつ》ではあったからだ。

その子はあきらめて、ビンティの足元の地面にぺったりすわった。

「それで、どうしてたんだい？」ゴゴがたずねた。

ビンティは、これまでのいきさつを洗《あら》いざらい話した。バス賃《ちん》を都合《つごう》するためにお金を盗《ぬす》んだことは言わないでおこうと思ったが、しまいにはそれまで話してしまった。話してしまうと、気分がよくなった。

「あの子たちに任《まか》せたのが大まちがいだったね」ゴゴが言った。「善良《ぜんりょう》な子たちは、みんな早死にしちまったんだよ」

ゴゴはしばらく黙《だま》っていたが、やがてきいた。

「ところで、お金はまだ残《のこ》ってるのかい？」

「いいえ」ビンティはウソをついた。

でもゴゴがじっと見ているので、ポケットに手をつっこみ、残《のこ》っていたお金をとり出した。

「メモリーにわたしなさい。ワイソムのお金が有効《ゆうこう》に使えるよ」ゴゴが言った。

がまんできなかったのは、お金をわたしてしまうことより、メモリーが勝《か》ち誇《ほこ》ったようににやっとしたことだった。抗議《こうぎ》したいけれど、むだだろう。どっちにしても、盗《ぬす》んだお金だった。

「あんたの包《つつ》みの中にも、みんなで使えるものがあるんじゃないの？」メモリーが言った。

「あたしのもの、とらないでよ！」ビンティはさけんでいた。「あんたも、とるつもりなの？」

「怒《おこ》らなくていいんだよ」ゴゴが言った。「メモリーが言ってるのは、もしかしたら、みんなが使えるようなものを持ってないか、ってことなのさ。余分《よぶん》に持ってるものがあれば、ってことだよ」

「余分《よぶん》なものなんて、なんにもないわ」ビンティは包《つつ》みをほどいて、みんなに見せた。「毛布《もうふ》が一枚《まい》、寝間着《ねまき》が一枚《まい》、よそ行きが一枚《まい》だけ。あとは、みんなアグネスおばさんにとられちゃったんだもの」

「それは何？」メモリーが指さしながらきいた。

「これは台本よ。一冊《さつ》しか残《のこ》ってないの。あんたなんかにあげないわ」

「だれも、おまえからとりあげようとは思ってないよ、ビンティ」ゴゴが言った。「どれも、おまえのものなんだから、自分の好《す》きにすればいいんだ」

ビンティは持ち物をきっちり包《つつ》み直《なお》してベンチの下に入れると、その前に自分の足をおいた。

話しているうちに、ンシマができあがった。

ビンティは食べる前にトイレに行った。トイレは、敷地《しきち》のはずれにあった。便座《べんざ》はなく、穴《あな》の上にしゃがむしかない。ふと、穴《あな》の中からクモかヘビか、ひょっとしたらカバが飛《と》び出《だ》してくるような気がして、ビンティはそそくさとトイレを出た。バケツに入れてあった水を、そこにうかんでいるひしゃくですくって、手を洗《あら》う。

ゴゴの家に来て以来《いらい》、ここにいる大勢《おおぜい》の子は遊びに来ているのだとビンティは思おうとしていた。でも、夕《ゆう》ご飯《はん》の時間になって、そうではないことがはっきりした。さらに多くの子どもたちが現《あらわ》れたからだ。夕《ゆう》ご飯《はん》を囲《かこ》んだのは、全部で十三人。ゴゴは、お皿を三枚《まい》しか持っていなかったので、一枚《まい》のお皿から分け合って食べる。ビンティは四人の小さな子といっしょのお皿から食べた。ビンティは、これまではいつもフォークやスプーンを使っていたのだが、ここではみんな、指を使って食べている。ビンティは、メモリーがンシマを一口ずつ手にとって丸め、菜《な》っ葉《ぱ》を煮《に》たスープに浸《ひた》して食べるようすを気づかれないように観察《かんさつ》し、そのまねをした。メモリーは、いとも簡単《かんたん》に、じょうずに食べていた。

夕《ゆう》ご飯《はん》のころにはもう日が暮《く》れていた。火も消えそうになっていたが、おき火のおかげで手元がなんとか見えた。

「むかしむかし、空には一つも星がなかったんだよ」ゴゴが、ひざにのせた幼《おさな》い子をあやしながら話し始めた。「空に星をまいたのは、ひとりの女の子だった。長い旅をしてきたその女の子は、夜があんまり暗いので、小さな火をたいた。そして、たき火の火《ひ》の粉《こ》を空高く投げあげたのさ。あたりは真っ暗だったけど、空にあがった火《ひ》の粉《こ》が、女の子の行く手を照《て》らしてくれた。その火《ひ》の粉《こ》が、星になったというわけさ」

ゴゴは、いつのまにか寝入《ねい》ってしまったひざの上の子にキスすると、ビンティのほうに手をのばし、ビンティの手をぎゅっとにぎった。

みんなが食べ終わると、メモリーはろうそくの燃《も》えさしに火をともして、小屋の中に入っていった。そして、しばらくすると出てきた。

「ござを敷《し》いたわ」メモリーはそう言うと、幼《おさな》い子どもを二人抱《だ》きあげて、小屋の中に戻《もど》っていった。

ゴゴが立ちあがろうとして、よろめいた。ビンティが手を貸《か》した。

「今日のお話は、もうおしまい」ゴゴはそう言って、小屋の中に入っていった。ほかの子どもたちもあとにつづいた。

ビンテイは自分の包《つつ》みをとりあげ、戸口まで行くと、きいた。

「どこで寝《ね》ればいいの？」

「外はどう？」メモリーが答えた。

「ビンテイも、すぐここのやり方に慣《な》れるよ」ゴゴが、アシを編《あ》んだござに体を横たえながら言った。

「好《す》きな場所を選《えら》んで」メモリーが指示《しじ》した。「早くね。ろうそくがもったいないから」

ビンテイには、好《す》きな場所なんてなかった。あいた場所はなかったし、どこも汚《よご》れた子どもたちがすでに寝《ね》ているのだ。毛布《もうふ》もかけずに。

あたしの毛布《もうふ》は、だれにも使わせないわ、とビンテイは思った。あたしのなんだもの。

ビンテイは包《つつ》みをほどいた。あたりはもうひんやりとしていたし、みんなの見ている前で寝間着《ねまき》に着替《きが》えようとは思わなかった。今夜は、制服《せいふく》のまま寝《ね》ることにしよう。ブレザーを着ていれば、あったかいだろう。

ビンテイは、教会に着ていくときの服に寝間着《ねまき》を巻《ま》きつけて、枕《まくら》がわりにし、ドアの近くの比較的《ひかくてき》こみ合っていない場所にそれをおいた。

「その毛布《もうふ》、あたしにもかけてくれる？」幼《おさな》い女の子がたずねた。

ビンティは聞こえなかったふりをした。ひとりに分けあたえたら、みんながたかってくるだろうから、自分のものなんてすぐになくなってしまう。

メモリーが不愉快《ふゆかい》そうな声を出し、ビンティがまだ立っているのにろうそくを消した。ビンティは、これまで経験《けいけん》したことのない真《ま》っ暗闇《くらやみ》の中につき落とされた。

「ちょっと！」

「横になっておやすみ、ビンティ」ゴゴが言った。「すぐに朝が来るよ。そうしたら、いとこたちと遊べばいい」

クスクス笑《わら》う声が聞こえた。ビンティは笑《わら》われるのが嫌《きら》いだった。自分がまだ監督生《かんとくせい》だったら、みんなに罰点《ばってん》をつけてやるのに！　ブランタイアで、ふかふかの暖《あたた》かいベッドに寝《ね》ていたときは、どんなによかっただろう。となりには、まだジュニもいたのだ。

だれかにつまずくといけないので、ビンティは立っているその場所で腰《こし》をかがめ、枕《まくら》がわりの服をおいた場所を手でさぐった。ほかの子どもたちがもぞもぞ動いて、場所をあけてくれた。

固《かた》い床《ゆか》に寝《ね》たビンティは、少しでも寝心地《ねごこち》をよくしようと、姿勢《しせい》をいろいろに変《か》えてみた。カが一匹《ぴき》、耳元を飛《と》んでいく。そばに、歯をガチガチいわせている子がいる。寒さのせいかもしれないし、マラリアにかかっているのかもしれない。ビンティは、無視《むし》しようとした。でも、嫌《いや》でも耳に入ってくる。仕方なく、ビンティは毛布《もうふ》の端《はし》っこを横にいる子どもたちの上にかけてやった。そのとたん、いくつもの小さな手がぎゅっと毛布《もうふ》をつかむと、自分たちのほうに引っぱるのがわかった。ビンティはあきらめ、制服《せいふく》のブレザーの中でちぢこまった。しばらくすると、歯がガチガチ鳴る音は聞こえなくなった。

明日になったら、どこかほかのところへ行こう、とビンティは心に決めた。そして、そのまま真っ暗な闇《やみ》の中でビンティは眠《ねむ》りについた。

おんどりがつくるときの声で、ビンティは目をさました。一羽のおんどりが二羽のおんどりを起こし、三羽のおんどりがほかのすべてのおんどりを起こす。そしておんどりたちが犬を起こし、犬たちは力を起こし、鳥たちがうたい始める。

たとえビンティがそれで起きなかったとしても、メモリーの声がひびくと、起きないわけにはいかなくなった。

「水をくんできてよ」バケツを持ったメモリーが、ビンティを見おろして立っていた。

「マチョジ、どこに井戸《いど》があるか教えてあげて」

「命令《めいれい》しないでよ」ビンティが言った。「ゴゴから聞いたけど、同い年じゃないの」

「だったら、同い年らしくすれば。水がいるんだからさ」メモリーが言った。

「まだ目がさめてないのに」

「そうは見えないけどね」

マチョジというのは、クスクス笑《わら》いながら内緒話《ないしょばなし》をしていた仲良《なかよ》し二人組の女の子のひとりだった。もうひとりは、グレイシーという名前だ。二人とも、六歳《さい》か七歳《さい》になるだろう。

「そんなに遠くないよ」マチョジが言った。「前は、池の水をくんでたから、みんな病気になったんだけど、カナダから来た人たちが井戸《いど》をつくってくれたんだ」

「カナダって、どこにあるの？　知ってる？」グレイシーが、マチョジとほとんど同じ声でたずねた。まるで二羽の小鳥がさえずっているみたいだ。「カナダって、マラウイの中にあるの？」「ビンティはどこから来たの？」「ほんとのいとこなの？　うそっこのいとこうそっこのいとこなの？」

二人の女の子たちは、ビンティに答えるひまもあたえず、次から次へと質問《しつもん》をあびせた。

その四つの質問《しつもん》には答えないまま、今度はビンティがきいた。

「うそっこのいとこって？」

「うそっこのいとこは……うそっこのいとこだよ」

そう言われてもわからない。あとでゴゴにきいてみたほうがよさそうだ。

小道は、林や、小さな小屋の立つ草地をぬってつづいていた。どこも同じような場所に見える。自分ひとりで水をくみに来たら、きっと迷子《まいご》になっていただろう。

「急いで」マチョジがうながした。「後ろのほうに並《なら》んだりするの、嫌《いや》でしょ」

マチョジがスキップで先に行ったので、ビンティも走らなくてはいけなくなった。

井戸《いど》の前にはもう大勢《おおぜい》の女の人が並《なら》んでいた。ビンティが赤ちゃんを背負《せお》った女の人の後ろにつくと、マチョジとグレイシーは駆《か》けだしていってしまった。

「待っててよ！　ここがどこだか、あたしにはわからないんだから」ビンティはさけんだ。

こう言ったのは、まずかった。

「ここがどこだと思ってるの？」女の人たちが、からかい半分に声をかけてきた。「あんたは、どこにいたいの？」

ビンティは、怒《おこ》った顔で地面をにらんだ。

「気にしなくていいのよ。あいさつがわりの冗談《じょうだん》を言ってるんだから」ひとりの女の人が言ってくれた。

でも、ビンティは笑《わら》う気分にはなれなかった。おなかもすいていたし、とまどってもいた。お湯と石けんときれいな服がほしかった。

女の人たちは、それ以上《いじょう》ビンティにはかまわなかった。ビンティは、前の人たちが井《い》戸《ど》のポンプを押《お》して水をくむのを見ていたので、自分の番になってもまごつかなかった。ひとり、またひとりと、女の人たちはバケツや水桶《みずおけ》を頭の上にのせ、小道を歩き去った。ビンティも水をくんだバケツを手にさげて、ゴゴの家があると思う方向に歩き出した。でも、少し行くと、すっかり道がわからなくなってしまった。ビンティは、バケツを下におろして泣《な》きだした。

「どうしてバケツを頭にのせないの？」

目の前でそう言っているのは、メモリーだった。

ビンティは涙《なみだ》をふいて、言い返した。

「やぼったいからよ」

ほんとうは、やり方がわからなかったのだが、そう言いたくはなかったのだ。

「へーえ、手でバケツを持つのがスマートだってわけ？　肩《かた》が痛《いた》くなって、半分はこぼれちゃうのにね」

メモリーはそう言うと、バケツをさっと頭にのせて、片手《かたて》で押《お》さえ、急ぎ足で歩いていった。ビンティも、すぐ後ろをついていった。もう迷子《まいご》にはなりたくなかったからだ。

残《のこ》りの時間も、そうやって過《す》ぎていった。メモリーは、子どもたちの体を洗《あら》う（石けんなしで冷《つめ》たい水で洗《あら》うのだ）にしても、お皿を洗《あら》うにしても、小屋の掃除《そうじ》をするにしても、何をやってもビンティよりはうまくできた。ビンティはしくじってばかりいたが、気がつくといつもメモリーがそこにいて、せせら笑《わら》いをうかべているのだった。

ビンティは、ブランタイアの家でもいっぱい手伝《てつだ》っていたし、ワイソムおじさんの家でもこき使われていた。でも、ゴゴの家には、仕事がもっとたくさんあり、しかもやったことのない仕事がほとんどだった。

ビンティは最初《さいしょ》の日にかなりたくさんのことを学んだ。井戸《いど》まで行ってまた帰ってくることもできるようになった。ゴゴはバケツを一つしか持っていないのに、子どもは十二人もいた。そこで何度も何度も水をくみにいったので、しまいには闇夜《やみよ》でも井戸《いど》を見つけられるくらいになったのだ。

ゴゴの家には食べるものがほとんどない、ということもわかった。おなかがすいたとビンティが言うと、メモリーが答えた。

「明日は食べられるよ。初《はじ》めに学校へ行って、それから給食《きゅうしょく》センターに行くんだ。そこで食べればいいの」

ビンティは、学校と聞いてうれしくなった。もしかしたら、また監督生《かんとくせい》になれるかもしれない。ビンティが監督生《かんとくせい》になって、メモリーがなれなかったら、少なくとも学校ではメモリーより上に立てる。

「どうして食べ物がないの？」ビンティはメモリーにたずねた。

「あんたのお父さんが亡《な》くなったからよ」

ビンティはぽかんとしていたが、しばらくすると察《さっ》して言った。

「じゃあ、父さんがお金を送ってた〝いとこ〟って、あんたたちのことなのね！」

ビンティの体から力が抜《ぬ》けた。すわりこんで、ボロを着た子どもたちを見わたし、泥《どろ》と草でできた家を見つめた。おなかがグウグウ鳴った。

「でも、父さんはお金をいっぱい送ってたわよ」ビンティが言った。

「ゴゴがみんなに分けたの。『食べなきゃいけないのは、みんな同じだから』って言ってね。少し余裕《よゆう》ができたと思うと、近所のだれかが亡《な》くなって、お葬式《そうしき》のお金が必要《ひつよう》になったりするのよ。だから、いつもこんなかつかつの暮《く》らしなの。将来《しょうらい》の計画なんて立てられないのよ」

「その言い方、ジュニみたい」ビンティはつぶやいた。

「つらすぎたら、いつでも出てってていいのよ」

ビンティは、メモリーの声に、そうなったほうがいいというニュアンスを感じた。

「何言ってるの？　出ていきたいなんて思わないわよ」

もう一つわかったのは、ゴゴにはがんこに自分の考えがあるということだった。

「ゴゴ、メモリーはほんとのいとこなの？　うそっこのいとこなの？」ビンティがきいた。

おじさんやおばさんの全員に会ったことはないし、顔を合わせたことのないいとこもいるのだ。

ゴゴの背中《せなか》は年のせいで曲がっていたが、ビンティをじろっと見たときは背筋《せすじ》がぴんとのびたようだった。

「うそっこのいとこなんて、いやしないさ！　みんな、わたしの孫《まご》なんだよ。みんなほんとの孫《まご》なんだよ。わかるかい？」

ビンティはうなずいた。

「ええ、わかったわ」

マチョジに、どれがほんとうのいとこで、どれがうそっこのいとこなのかきいてみようかとも思ったが、マチョジが言いつければ、ゴゴはかんかんに怒《おこ》るだろう。それに、どうだっていいことかもしれない。メモリーがほんとうのいとこにせよ、うそっこのいとこにせよ、いっしょにやっていくしかないのだから。

14 台本のない劇《げき》

「学校は週に二日しかないの」翌日《よくじつ》メモリーがビンティに言った。「前は毎日あったけど、先生たちが次々《つぎつぎ》に亡《な》くなったからね。今の先生が、いくつかの学校を回ってるんだ」

「週に二日なんて、少ないわね」ビンティは言った。

「一年くらいの間、学校は全然《ぜんぜん》なかったんだよ」

ビンティは、みすぼらしい自分の制服《せいふく》を見て、がっかりした。手でほこりを払《はら》ってみても、たいして変《か》わらない。汚《きたな》くなっているばかりでなく、もう通っていない学校の制服《せいふく》なのが恥《は》ずかしい。服装《ふくそう》がちゃんとしていないので、自分だけが目立つのではないかとビンティは心配した。

「あんたの制服《せいふく》は？」

ビンティがたずねると、メモリーは、顔をしかめてそっぽを向いた。

きっと制服《せいふく》は最初《さいしょ》から持っていなかったのだ、とビンティは思った。小さな子は制服《せいふく》を着ていなくてもいいが、メモリーの年齢《ねんれい》だと、着ているものがほかの子たちとちがってバツの悪い思いをしているのだろう。

しかし、ちがう服装《ふくそう》をしていたのは、ビンティのほうだった。ほかの生徒《せいと》たちは、ふだん着で来ていたのだ。校庭でしゃんと立ち、国旗《こっき》が揚《あ》がるのを見ながらマラウイの国歌をうたっているメモリーは、バツの悪い思いなど全然《ぜんぜん》していなかった。

国旗掲揚《こっきけいよう》のあとは、その日一日みんなが学校で努力《どりょく》できるようにというお祈《いの》りがあり、それから生徒《せいと》たちは二つのグループに分かれた。

空が晴れていたので、授業《じゅぎょう》は外で行われた。下級生の生徒《せいと》たちには先生がひとりつき、何人かのおじいさんやおばあさんが手を貸《か》していた。欠《か》けた黒板の前にいすがわりの石が並《なら》び、生徒《せいと》たちが何人かずつその石に腰《こし》かけている。

上級生は、数が少なかった。ビンティも入れた上級生たちは、計算やアルファベットを唱《とな》える下級生の声にじゃまされないように、草地の反対側《はんたいがわ》の石の上に腰《こし》かけた。教科書も、ノートも、ペンも、そこにはなかった。先生が黒板のかけらに植物の説明図《せつめいず》を描《か》くと、生《せい》徒《と》たちは野の花をさがしてきて、実物を見ながら部分ごとの名前を言っていく。そのあとは数学で、つづいて英語《えいご》の授業《じゅぎょう》があった。

英語《えいご》では、ビンティは苦労《くろう》しなかった。セント・ピーターズ校では英語《えいご》を使っていたからだ。でも、分数計算は、ほかの生徒《せいと》たちのほうがずっと早くできた。どうしてなのだろう？　教科書も持っていないのに？

授業《じゅぎょう》の合間にはゲームや歌があり、上級生の先生が、生徒《せいと》たちみんなに健康《けんこう》に必要《ひつよう》な食べ物についての話をした。学校は午後の早い時間に終わった。

ビンティは学校が終わってホッとした。石にすわるのは落ち着かなかったからだ。セント・ピーターズ校では、ひとりひとりに机《つくえ》があったのに。ほかの生徒《せいと》たちよりできないのも気になったが、おなかがすいていては集中するのも難《むずか》しかった。

「ほかの子たちを連《つ》れてきて。ひとり残《のこ》らずよ」メモリーが言った。

ビンティは、小さな子たちの名前をまだちゃんとおぼえていなかったが、顔は全部おぼえていた。それに、下級生のほうでも一日の流れがわかっていた。みんながまわりに集まってくると、メモリーは人数をかぞえて全員がいることを確《たし》かめた。

「いいわ、行こう」メモリーが言った。小さな子どもたちはメモリーやビンティといっしょに歩き出したが、大きな子どもたちは、競走《きょうそう》で駆《か》けていった。

しばらく歩くと、別《べつ》の草地に出た。そこには、大勢《おおぜい》の子どもたちが集まっていた。

「ここはなんなの？」

「みなしごクラブよ」メモリーが言った。「そこにただつっ立ってるつもり？　それとも、早く食べたいなら手伝《てつだ》う？」

メモリーがさっさと歩き始めた。ビンティが後ろからきいた。

「この子たちもみんな、みなしごなの？」

セント・ピーターズ校の生徒《せいと》たちと同じくらい大勢《おおぜい》の子どもが集まっている。

「あんただけがそうだと思ってたわけ？」

そこには少なくとも二百人の子どもたちが集まっていた。おなかがすいて何も考えられないビンティは、メモリーのあとについて、手伝《てつだ》えることがあるかどうか見にいくことにした。

いつもながらメモリーは、何をすればいいかわかっていた。メモリーだけでなく、ほかの学校から来た上級生たちも、下級生に指示《しじ》して、たきぎを集めている。おばあさんたちは、大きななべをたき火にかけてンシマと豆を料理《りょうり》したり、歌のゲームを子どもたちにさせたりしている。赤ちゃんや幼《おさな》い子を世話している女の人たちの中には、ゴゴもいた。ビンティが見ていると、メモリーはゴゴの背中《せなか》から赤ちゃんをとりあげ、自分の背中《せなか》にくくりつけた。

「ねえ、ここに来て手伝《てつだ》って」ひとりのおばあさんがビンティを呼《よ》んだ。ビンティは煮豆《にまめ》のなべをかき回す役をおおせつかった。火から立ちのぼる煙《けむり》が、ビンティの顔のほうに流れてくる。ブランタイアの家のコンロで料理《りょうり》をするのとは、ずいぶんようすがちがう。

「そうじゃないよ。もっと力をこめないと！」おばあさんがそう言って、ビンティを押《お》した。豆を煮《に》ているのは巨大《きょだい》ななべで、それを平らな長い板でかき回すのだ。「手先じゃなくて肩《かた》から動かさないと。そんなことじゃ豆が焦《こ》げて、食べられなくなっちまうよ」

ビンティはがんばったが、煙《けむり》のせいで涙《なみだ》が止まらないし、うまくかき回すこともできなかった。気に入られるようには、とてもできない。

「この子は、これまで一度も豆のなべをかき回したことがないんだね」と言って、みんな

が笑《わら》った。

「この子には、ほかの才能《さいのう》があるんだよ」いつのまにか、そばに来ていたゴゴが言った。

「さあ、メモリーのところに行きなさい。メモリーが何か仕事をくれるだろうからね」

「ござを敷《し》くのを手伝《てつだ》って」メモリーは言った。

アシで編《あ》んだ大きなござが何枚《なんまい》か巻《ま》いてあり、できかけの建物《たてもの》の壁《かべ》に立てかけてある。ビンティは、地面にそのござを広げるのを手伝《てつだ》った。ほかの子どもたちも協力《きょうりょく》する。子どもたちは、ござをまっすぐきちんと敷《し》くのにこだわった。

そうこうするうちに、ガンガンという音がひびいてきた。女の人が、木の枝《えだ》からさがった古いホイールキャップを棒《ぼう》でたたいている。

子どもたちが、いっせいにござの前に駆《か》け寄《よ》ってきた。ひとりのおとなの人が、子どもたちに話をした。

「みなさん、こんにちは。今日はみんな学校でちゃんと勉強してきましたか？」

「はーい」子どもたちは答える。

「よろしい。学校へ行かない子どもは、みなしごクラブにも来ることができません。さあ、いっしょに楽しくて明るい歌をうたいましょう。今日は明るい、いい日ですからね」

ほかの子たちといっしょに立っていたビンティは、歌詞《かし》もふりつけも知らなかったが、おぼえるのは簡単《かんたん》で、すぐいっしょにうたうことができた。

歌のあとは、お祈《いの》りだった。食事に感謝《かんしゃ》をささげるお祈《いの》りだ。それが終わると、草地の隅《すみ》にある井戸《いど》で手を洗《あら》うことになった。年長の子どもたちが小さな子どもたちを手伝《てつだ》う。石けんはなかったが、子どもたちは冷《つめ》たい水で手をこすって汚《よご》れを落とした。

お皿の数はたくさんあった。ビンティも一枚《まい》お皿をもらい、列に並《なら》んで煮豆《にまめ》とンシマをよそってもらった。子どもたちがござにすわって食べ始めると、草地は静《しず》かになった。食べ物はおいしかったし、おなかも満足《まんぞく》した。食べ終わると、もう一度うたったり踊《おど》ったりしたくなったほどだ。

小さな子どもをふくめ、みんな自分のお皿を洗《あら》ってしまうと、また集まっていっしょにうたった。そのあとで、ひとりの少年がビンティに声をかけた。

「劇《げき》をやるんだけど、そのブレザー貸《か》してくれない？」

ビンティはブレザーを守るように胸《むね》の前で腕《うで》を組むと言った。

「あたしのブレザーよ」

「ちゃんと返すよ。どろぼうじゃないんだ。劇《げき》に使いたいだけだよ」男の子は言った。

これ以上《いじょう》もう何もとられたくない、と思ったとき、ビンティにいい考えがうかんだ。

「あたしもその劇《げき》に出してくれるなら、ブレザー貸《か》してあげる」

「主な役はもうみんな決まってるよ。でも、姪《めい》がもうひとりいてもいいな」

少年はそう言うと、木陰《こかげ》で相談している子どもたちのところへビンティを連《つ》れていった。

「この子は、えーと……なんて名前だっけ？」少年がたずねた。

「ビンティよ」

「ビンティだ。じゃあ、ブレザーを貸《か》して」

ビンティはブレザーをぬいで、少年にわたした。

「台本はどこ？」ビンティはたずねた。

「なんだって？」

「劇《げき》の台本よ。どういう筋《すじ》なのか――」

「みんなが待ってるのよ」ひとりの女の子が言った。「全体の筋《すじ》を説明《せつめい》してるひまはないの」

「きみは孤児《こじ》になった姪《めい》の役だ」少年がほかの二人の少女を指さして言った。「この子たちと同じようにやって」

劇《げき》のグループが、みんなの前に出ていった。ブレザーを着た少年は意地悪なおじさんの役で、孤児《こじ》になった甥《おい》や姪《めい》を引きとる。おじさんの家族は、孤児《こじ》たちを邪険《じゃけん》に扱《あつか》う。ビンティがじっさいに体験《たいけん》したこととまったく同じではなかったが、似《に》た部分もたくさんあった。しかし、劇《げき》のほうはハッピーエンドだった。意地悪なおじさんは、娼婦《しょうふ》からエイズをうつされ、それがおばさんにもうつり、二人とも死んでしまう。劇《げき》の最後《さいご》は、今や自分たちのものとなったおじさんの家で孤児《こじ》たちがパーティを開く場面だった。

ビンティは、同じように姪《めい》の役をする二人の少女たちのそばにくっついていて、まねをした。話の筋《すじ》も、何をするべきかもわからないので、思うようには演技《えんぎ》できなかった。台本があってワジルさんがいれば、こんなことにはならないのに。

「劇《げき》に出るのは初《はじ》めてなんだね」ブレザーを返しながら、少年が言った。

「そんなことないわよ。だけど、いつもは台本があったの」ビンティは答えた。

「台本って、何？」

「劇《げき》の台詞《せりふ》が書いてある本よ」

「台詞《せりふ》が決まってるなら、だれだって演技《えんぎ》できるよ」少年が言った。「だけど、だいじょうぶ。次はきっとうまくできるさ」

ゴゴの家に戻《もど》っていきながら、ビンティは少年が言ったことを考えていた。もしだれだって演技《えんぎ》できるとすれば、オーディションでほかの子ではなくビンティが選《えら》ばれたことの説明《せつめい》がつかない。今度あの少年に会ったとき、なんて言ったらへこませてやれるだろうか？　最初《さいしょ》はそんなことを考えていたが、ほかの子たちはのびのびと劇《げき》を楽しんでいたのに、自分はずいぶんとぎこちなかったことを思い出した。もしかしたら、まだまだビンティが知らないことがあるのかもしれない。

夜、小さな子どもたちの寝《ね》るしたくを手伝《てつだ》いながら、ビンティはもう一度そのことを考え、そのまま考えているうちに眠《ねむ》ってしまった。自分の毛布《もうふ》を小さな子五人が分け合って使っているのにも、気づかなかった。

15

メモリーとビューティ

ビンティは少しずつゴゴやいとこたちとの暮《く》らしに慣《な》れていった。朝は一番鶏《いちばんどり》の鳴き声とともに起きだし、一日じゅう忙《いそが》しく用をこなした。たいてい日が暮《く》れるころには疲《つか》れてしまい、疲《つか》れるとすぐに眠《ねむ》れた。

夜も早いうちは、まだよかった。ほかの子たちがもぞもぞ動いたり寝返《ねがえ》りを打ったりしているのが聞こえるからだ。夜がふけて、みんなが寝静《ねしず》まってからふと目をさますのが、いちばんつらかった。さびしくてたまらないのは、そのときだ。となりの部屋から父さんの苦しい呼吸《こきゅう》が聞こえてはこないか、居間《いま》にいる兄さんがろうそくの明かりでスケッチしている音が聞こえてはこないかと、ビンティは耳をすます。ふとんを全部こっちに引っぱったら――ふとんがあれば、の話だが――、姉さんが目をさまして怒《おこ》るのではないか、とも思う。でも、バンボも、クワシも、ジュニも、もういないのだった。

ゴゴの家にいるいとこたちは、よく入《い》れ替《か》わった。赤ちゃんが四人いるときもあったし、ひとりしかいないこともあった。幼《おさな》い子がひとり出ていって、かわりの子が来ることもあった。

「ゴゴは、お母さんが病気で世話ができない子どもたちを預《あず》かってるのよ」メモリーが言った。丸太をくりぬいたところにトウモロコシのつぶを入れて、太い棒《ぼう》で砕《くだ》きながら話している。

「だったら、その子たちはほんとうのいとこじゃないのね」

「あんたのいとこにふさわしくない、だめな子がここにいるってわけ？」メモリーは、棒《ぼう》をふりおろす手によけい力を入れて、きいた。

「そんなに不機嫌《ふきげん》にならないでよ」ビンティはいつもメモリーの背中《せなか》におぶさっている赤ちゃんのほうに顔を向けながらきいた。「たとえば、その坊《ぼう》やは、いつお母さんのところに戻《もど》るの？」

メモリーがたたきつけるようにふりおろした棒《ぼう》は、弾《はず》んで外に飛《と》び出《だ》し、トウモロコシのつぶがあたりに飛《と》び散《ち》った。

「この子は女の子よ！　そんなこともわからないのね。もちろん名前だって知らないわよね」

そう言うと、メモリーは散《ち》らかったままにして、行ってしまった。

ビンティは、トウモロコシをついばもうとしているニワトリを追《お》い払《はら》い、家族の食事になるトウモロコシを拾い、それから棒《ぼう》をとりあげた。棒《ぼう》は、ビンティの背丈《せたけ》と同じくらいの長さがあった。固《かた》いトウモロコシのつぶを砕《くだ》いていると、すぐに腕《うで》が痛《いた》くなってきた。でも、おなかがすいて、しかも怒《いか》りにまかせて力をこめたので、なんとか作業を終わらせることができた。

それだけやっても、みんなの食事の一食分にしかならなかった。トウモロコシを砕《くだ》く作業が終わると、今度は木製《もくせい》のふるいにかけて、細かい粉《こな》にする。それから、その粉《こな》を地面に敷《し》いた布《ぬの》の上に広げて乾《かわ》かす。ニワトリを追《お》い払《はら》う役はマチョジとグレイシーにやってもらった。ビンティは、メモリーの手助けも批判《ひはん》もなしに、ひとりでこれだけのことをやってのけたのが、自分でも誇《ほこ》らしかった。

それからビンティは水をとりにいった。戻《もど》ってくると、小屋の外のベンチにゴゴとメモリーが腰《こし》かけているのが見えた。メモリーは、赤ちゃんにおっぱいを飲ませていた。

ビンティは、あっけにとられた。

「どうして？　どういうこと？　お母さんにならなくちゃ、そういうのって……」

「これは、あたしの娘《むすめ》なのよ」メモリーが言った。

口をぽかんとあけたまま、ビンティはメモリーのとなりに腰《こし》をおろした。

「あんたに話したほうがいいって、ゴゴは言うの。あんたも知ってたほうがいいって。でも、あんたが知ってるかどうかなんて、あたしには、どっちでもいいことよ」

口から出る言葉はけんか腰《ごし》だが、メモリーはうつむいていた。

「メモリーは、おじさんといっしょに暮《く》らしてたんだよ――さいわい、そのおじさんはわたしの子じゃなかったけどね。そのおじさんの友だちに、エイズにかかってる男がいた。メモリーはだれとも寝《ね》たことがなかったから、その男は、メモリーと寝《ね》ればエイズが治《なお》ると思ったんだ」

ビンティには理解《りかい》できなかった。

「寝《ね》る？」

「夫婦《ふうふ》みたいに寝《ね》るってことさ」

少し考えて、ビンティにもわかってきた。わかると、吐《は》き気《け》がしてきた。

「もちろん、そいつは治《なお》らなかったし、エイズをあたしにうつしたあげくに、この赤ちゃんが生まれたのよ」メモリーが言った。

ビンティは、メモリーを見ることができなかった。メモリーは、同い年なのに……。

「ここに来たとき、あたしはすべてを忘《わす》れたかった。でも、ゴゴがそうさせてはくれなかった。ゴゴは、あたしの名前も、記憶《きおく》っていう意味のメモリーに変《か》えたほうがいいって言ったの。ちゃんとおぼえていることが、そいつへの呪《のろ》いになるって。あたしが元気になって生きようとするなら、忘《わす》れるより怒《おこ》ったほうがいいんだって」

「隠《かく》して忘《わす》れようとしたって、なんの役にも立ちゃしないのさ」ゴゴが言った。「事実にふたをして秘密《ひみつ》にしておくと、恥《は》ずかしい気持ちが大きくなる。メモリーには、恥《は》ずべきところなんか、これっぱかりもないんだからね。メモリーはいい子だし、いいお母さんなんだから」

赤ちゃんをもつということがどういうことなのか、ビンティには想像《そうぞう》もできなかった。

頭の中にききたいこと、知りたいことが渦《うず》を巻《ま》いている。でも、自分でも驚《おどろ》いたことに、すぐに答えてもらいたい質問《しつもん》は一つしかなかった。

「赤ちゃんの名前はなんていうの？」ビンティはたずねた。

「ビューティよ」メモリーが言った。

ビューティが、ビンティの腕《うで》にわたされた。赤ちゃんを抱《だ》くのは、初《はじ》めてだ。ビューティは小さな口であくびをした。小さな顔は満足《まんぞく》そうで、名前のとおり美しく、メモリーによく似《に》ていた。

幼《おさな》い子が何人か遊びに飽《あ》きて、ゴゴやメモリーのひざによじ登った。ひとりはビンティに寄《よ》りかかった。仲良《なかよ》くベンチに腰《こし》をかけたいとこたちは、みんなして午後の時間が過《す》ぎていくのをながめていた。

16 必要《ひつよう》なもの

「どう、ここは気に入ったかい？」ジェレマイアがビンティにたずねた。ジェレマイアは、エイズ教室をあちこちで開いている。今日は教室に出かける途中《とちゅう》でゴゴのところに立《た》ち寄《よ》ったのだ。

ビンティは考えてみた。ここの暮《く》らしはきびしい。でも、ビンティだけが孤児《こじ》だからたいへんというのではなく、みんながたいへんなのだ。ワイソムおじさんのところにいれば、食べ物はもっといっぱいあったし、清潔《せいけつ》な暮《く》らしもできた。でも、こっちにいるほうが幸せだ。ここだと、しょっちゅうおなかがすくし、夜は寒いし、学校の制服《せいふく》には、マラウイの赤土がこびりついてしまっているけれど、ゴゴはビンティを愛《あい》してくれている。それに、ビンティがする仕事は、自分が大事に思っているみんなの役に立っているのだ。

「気に入ってます」と、ビンティは答えた。

「何か必要《ひつよう》なものは？」

「石けんと、毛布《もうふ》と、食べ物と、読む本と、子ども服」ビンティは指を折《お》って数えながら言った。

「まったくね」ジェレマイアが笑《わら》った。

男の子が二人、ジェレマイアに駆《か》け寄《よ》ってきた。

「持ってきてくれるって言ってたよね！」

「四枚《まい》あるぞ」

ジェレマイアはそう言うと、荷台にくくりつけた木箱の中から青いビニール袋《ぶくろ》を四枚《まい》とり出した。ブランタイアの市場で買い物をすると、品物を入れてくれるような袋《ふくろ》だ。

「三枚《まい》とっておいたら、今日もう一枚《まい》手に入ったんだ」

男の子たちは、興奮《こうふん》のあまりお礼も言わずに袋《ふくろ》をつかむと、走っていってしまった。

「あの袋《ふくろ》は何に使うんですか？」ビンティがたずねた。

「そのうちわかるよ。ところで、お金をかせぐことも考えてみたら？　そうすれば必要《ひつよう》なものも買えるしね」

「働《はたら》きに出るってこと？　この辺《へん》にラジオ局があるんですか？」

「ないだろうな。でも、気にかけていれば、何か思いつくかもしれないよ。ほかには何か困《こま》ったことがあるかな？」

「兄と姉をさがしたいんです。でも、きっと難《むずか》しいでしょうね」ビンティは言った。

「そうでもないかもしれないよ。ぼくは、国じゅうのエイズ患者支援《かんじゃしえん》グループとつながりがあるんだ。さがせるかもしれないな」ジェレマイアはペンとメモ帳をとり出した。「名前はなんだっけ？」

「兄のクワシは、モンキー・ベイで魚の商売をしてるおじさんのところにいます。ジュニがどこにいるかはわかりません」ビンティはジェレマイアに近づくと、あたりを見回してだれも聞いていないことを確《たし》かめた。「リロングウェを出ていく前に、姉は男の人たちにやさしくしてお金をもらってたんです。おじさんの家を出ていくためにお金をためてたんです。姉はどこかに行って、きょうだいが三人でいっしょに暮《く》らせるだけのお金をつくるって言ってました」ビンティはちょっとためらってからつづけた。「もしかしたら、また今も、男の人たちにやさしくしてるのかもしれません。お金をためるために。……どの辺《へん》にいるか見当がつきますか？」

ジェレマイアは考えた。

「ぼくはわからないが、知っている者がいるかもしれない。何かわかるかどうか、調べてみるよ」

ジェレマイアはそう言うと、メモ帳をしまいこんだ。

「ジェレマイアさん？」

ビンティはためらった。これからきこうとしているのは、個人的《こじんてき》で、やっかいな質問《しつもん》だった。

「メモリーはエイズにかかってるんですか？」

「ＨＩＶ《エイチアイブイ》は陽性《ようせい》だね。ってことは、エイズの発症《はっしょう》につながるウイルスを持ってるってことだね」

「赤ちゃんは？」

「ビューティも陽性《ようせい》だよ。生まれたときに感染《かんせん》したのかもしれないし、母乳《ぼにゅう》から感染《かんせん》したのかもしれない。きみのおばあさんが検査《けんさ》を望《のぞ》み、メモリーも検査《けんさ》に同意したんだ」

「二人とも死んじゃうんですか？」

ジェレマイアは自転車に寄《よ》りかかった。

「ＨＩＶ陽性《エイチアイブイようせい》の赤ちゃんは、マラウイでは、たいてい長くは生きられない。ちゃんとした薬が手に入る国でなら、そうじゃないけどね。でも、奇跡《きせき》が起こることはあるんだよ。このマラウイでも、ちゃんとした食事をして、愛《あい》してくれる人がいれば、ＨＩＶ陽性《エイチアイブイようせい》でウイルスを持っていても、長く生きることができるんだ」

「あたしは、どうすればいいですか？」

「いっしょに暮《く》らしてるだけじゃ、うつらないよ」

「そうじゃなくて、どんなことができるのか、ってことです。……二人のために」

ジェレマイアはにっこりした。

「家族になってあげること。家族として大事にしてあげること」

ジェレマイアが自転車にまたがって次の場所に出発しようとしたとき、男の子たちが笑《わら》いながら駆《か》けてきた。サッカーをしている。いったい、どこからボールを持ってきたのだろう？　と思ったとたん、ビンティは気づいた。ビニール袋《ぶくろ》を何枚《なんまい》も重ねて、ひもでぎりぎり縛《しば》って丸くしたものがサッカーボールだったのだ。

「あの子たちは、長いことビニール袋《ぶくろ》を集めつづけてきたんだよ」

ジェレマイアはそう言うと、さよならを言って自転車をこぎだした。

ビンティは腰《こし》をおろしてサッカーをながめた。男の子たちが、広げて干《ほ》してあるンシマ用の粉《こな》のほうに来ないよう、見はる必要《ひつよう》もあったからだ。

ジェレマイアは、その次の日、みなしごクラブでエイズの説明《せつめい》をし、ビンティたちが上演《じょうえん》する劇《げき》も見ていった。この日は、みんながビンティの台本を使い、ビンティはゴゴの役を演《えん》じた。ビンティはみんなに台詞《せりふ》をおぼえてもらおうとし、文字が読めない子には何度も何度も読み聞かせたが、それでも出演者《しゅつえんしゃ》たちは、決まった台詞《せりふ》以外《いがい》に思いついた言葉を本番でも口に出した。ビンティは、ゴゴを演《えん》じるのが楽しくて、ほかのことは気にならなかった。

＊

「ビンティ、今夜はびっくりさせることがあるんだよ」ある晩《ばん》、ゴゴが言った。近所の人たちが、薪《まき》をかかえてゴゴの庭に入ってきていた。「みんなで楽しめるものだよ」

「いいかい、静《しず》かにしておくれ。そろそろ始まるよ」手回しラジオを持ち出してきた人が言った。電池がいらないラジオだ。

ラジオをつけると、たき火のまわりに集まっていた人は静《しず》かになった。

「ゴゴの家族」の始まりの音楽が流れてきた。とたんにビンティは泣《な》きそうになった。スタジオで録音《ろくおん》したときのことを思い出しながら、ビンティもみんなといっしょに耳を傾《かたむ》ける。あのころは、自分が特別《とくべつ》だと思っていたし、ディレクターが「真に迫《せま》った演技《えんぎ》をしろよ」とくり返すのを聞くのも楽しかったのだ。

「ラジオでしゃべってるのは、うちのビンティなんだよ」

ゴゴがそう言うと、みんなが拍手《はくしゅ》した。そして、ラジオに出ているのに、どうしてここムランジェにもいるんだと不思議《ふしぎ》がった。

「ラジオに出たときの話をしておくれ」近所の人がうながした。

最初《さいしょ》は恥《は》ずかしかったが、みんなが笑《わら》ったり拍手《はくしゅ》したりするので、話しているうちに気分がほぐれてきた。ディレクターがダメ出しをするときのようすもまねしてみせた。

それからは、人々《ひとびと》はビンティを「ラジオの子」と呼《よ》ぶようになった。次の週もラジオドラマがあり、みんなはビンティにラジオ局のことを話してくれ、とたのんだ。ビンティは前の週とは少し変《か》えて、録音中《ろくおんちゅう》にクシャミをしないよう必死《ひっし》になっている役者のふりをした。これには、メモリーでさえ笑《わら》いをおさえられなかった。

ほとんどの村人は、ムランジェから出たことがない。この村から出たことさえない人も大勢《おおぜい》いる。そういう人たちは、ビンティの話を聞いて、どんなふうに思うのだろう？　ビンティは、以前《いぜん》の自分に戻《もど》ったような気がした。

ところが、その次の週、またみんながたき火のまわりに集まったとき、ラジオから聞こえてきたのは別《べつ》の少女の声だった。ビンティが録音《ろくおん》しておいた分の放送は終わり、ほかの少女がケティの役を演《えん》じていたのだ。

「これ、あんたの声じゃないね」だれかが言った。「ケティの役は、あんたがしてたんじゃないのかい？」

「あたしがブランタイアから引《ひ》っ越《こ》さなきゃいけなくなったので、かわりの人がケティ役をすることになったんです」ビンティは、平気なふりをしながら説明《せつめい》した。

「遠いところでラジオに出てるより、ここにいてくれるほうが、わたしはうれしいよ」ゴゴが言った。

みんながラジオドラマに耳を傾《かたむ》けている間、ビンティもそこにすわっていた。ほんとうは、立ちあがって逃《に》げ出《だ》したかったのだが、気にしていると思われるのも嫌《いや》だった。耳をふさいでいたかったが、いつのまにかビンティはドラマに引きこまれていた。ところどころで、自分のほうがうまく台詞《せりふ》を言えると思ったりしたが、またすぐドラマに引《ひ》き寄《よ》せられていた。

番組が終わったとき、たき火のまわりの人たちは、ビンティが出ていたときと同じように満足《まんぞく》したようだった。

そのようすを見て、ビンティは、自分にはもう何も残《のこ》っていないのだ、と思った。何もかもなくなってしまったのだ。

ゴゴが何人かの子どもに耳打ちすると、その子たちが立ちあがった。

「これから劇《げき》をします」と言う。

劇《げき》の主人公はビンティで、メモリーがその役をやった。ビンティはラジオに出演《しゅつえん》していたが、父親が死んで冷酷《れいこく》なおじさんのところに預《あず》けられる。そして、しまいにはムランジェにやってきて、みんなが幸せになる、という筋《すじ》だった。劇《げき》が終わると、たき火のまわりから拍手《はくしゅ》がわき起こった。

ビンティも拍手《はくしゅ》した。みんなが親切にしてくれているのが、よくわかった。メモリーも、ビンティをからかってはいなかった。ビンティは、火をおこしたりンシマをつくったりするような大事なところで不器用《ぶきよう》なので、今でもときどきメモリーにばかにされる。とはいえ、メモリーはビンティを嫌《きら》っているわけではなかった。ビンティが拍手《はくしゅ》したのは、親切にしてもらったことに感謝《かんしゃ》をあらわしたかったからだ。

でも、拍手《はくしゅ》をしていても、半分は上《うわ》の空《そら》だった。母さんがいなくなり、父さんがいなくなり、家がなくなり、学校にも行けなくなり、兄さんや姉さんもどこかに行ってしまった。そして今、自分は特別《とくべつ》だと思えるたった一つのことまでが、消えてしまった。もう自分は山に暮《く》らすみなしごのひとりにすぎなくなってしまったのだ。

もう何も残《のこ》っていない、とビンティはまた思った。

その思いは、ふり払《はら》うことができなかった。

＊

それにつづく数週間、ビンティの頭にはもやがかかったようになっていた。あいかわらずゴゴを手伝《てつだ》って、いとこたちの世話をし、週二日は学校の授業《じゅぎょう》を受け、みなしごクラブで列に並《なら》んで煮豆《にまめ》とンシマをもらったが、心の中の光は消えてしまっていた。

「いいことをすると、気が晴れるよ」

ある日、ゴゴが言った。ビンティはやってみた。近所の人に手伝《てつだ》ってもらって、自分の寝間着《ねまき》をビューティの服につくりかえた。よそ行きの服からは、マチョジのスカートとグレイシーのブラウスがじゅうぶんにつくれた。ビンティは縫《ぬ》うのがへただったので、ほとんどは近所の人が縫《ぬ》ってくれたのだが、それでもできた服をプレゼントするときは、気分がよかった。しばらくの間は、もやが晴れたような気がした。

ある日、みなしごクラブが興奮《こうふん》の渦《うず》に包《つつ》まれた。村人や、外国から寄付金《きふきん》を集めてくれたクラブの支援者《しえんしゃ》たちが草地に集まって、パーティが開かれたのだ。地元の少年たちのロックバンドが、石油缶《せきゆかん》でつくったドラムとギターとハーモニカで演奏《えんそう》し、みんなが踊《おど》ったり手拍子《てびょうし》をとったりした。

子どもたちもこの日のために特別《とくべつ》な歌を練習し、お客さんたちの前でそれを披露《ひろう》した。演奏《えんそう》や歌が終わって、食事も終わると、みなしごクラブの支援者《しえんしゃ》からうれしい発表があった。石けんが配られるというのだ。

ビンティも石けんをもらう子どもたちの列に並《なら》んだ。前のほうにいた幸運な子どもたちは、もう貴重《きちょう》なプレゼントを手にして笑《わら》ったり、とびあがったりしている。ビンティも自分の石けんをもらった。ピンク色のちゃんとした石けんで、清潔《せいけつ》そうないい匂《にお》いがした。ビンティは、ずっと着ているせいで、みすぼらしく汚《よご》れているセント・ピーターズ校の制《せい》服《ふく》を見おろした。もうすぐこれもきれいに洗《あら》うことができる。

「きみに知らせたいことがあるんだ」

ビンティが見あげると、ジェレマイアがそばに立っていた。石けんをもらって大騒《おおさわ》ぎをしている子どもたちから離《はな》れたところへ、ジェレマイアはビンティを連《つ》れていった。そして言った。

「お兄さんが見つかったよ」

ビンティはあたりを見回した。

「どこ？　ここに来てるんですか？」

「お兄さんのところへ連《つ》れていってあげるけど、話をつけるのにあと何日かかかるんだ」

「どうしてですか？　今日行くわけにはいきませんか？　どこにいるんですか？」

ジェレマイアは、ビンティの肩《かた》に手をおいて言った。

「きみのお兄さんは、留置所《りゅうちじょ》に入れられてるんだ」

17 留置所《りゅうちじょ》

それから一週間がたったころ、留置所《りゅうちじょ》を訪問《ほうもん》する許可《きょか》をジェレマイアの友人たちがとってくれた。ビンティはムランジェの幹線《かんせん》道路までジェレマイアの自転車に乗せてもらい、そこから二人はミニバスに乗ってブランタイアまで行った。交通費《こうつうひ》は、エイズ患者《かんじゃ》支援《しえん》組織《そしき》が出してくれた。

ブランタイアにあるジェレマイアの友人の事務所《じむしょ》に行くと、その友人が車でビンティとジェレマイアを留置所《りゅうちじょ》まで乗せてくれた。

ビンティたちが案内《あんない》された場所には、建物《たてもの》がたくさん立っていて、まわりは高く二重に張《は》り巡《めぐ》らされた鉄条網《てつじょうもう》で囲《かこ》まれていた。白いシャツを着た囚人《しゅうじん》たちが野菜畑《やさいばたけ》を耕《たがや》しているのが見えた。ビンティはクワシを目でさがしたが、そこにはいないようだった。通常《つうじょう》の訪問日《ほうもんび》ではないので、一行《いっこう》は所長のところに連《つ》れていかれた。

「お兄さんがここにいるとわかったばかりなんだね」所長がビンティに言った。おだやかな声で話す、親切そうな人だ。「お兄さんは、おとなとは別《べつ》の場所に同じ年代の少年たちといっしょに入っている。できるだけの世話はしているつもりだよ」所長はジェレマイアのほうを見てつけ加《くわ》えた。「もちろん、予算がないので、ここの暮《く》らしが楽だとは言いませんよ。特《とく》に少年たちにはできるかぎりのことはしようと思っていますが、まだまだ不《ふ》十分《じゅうぶん》でね」

「すぐ会えますか？」ビンティがきいた。

今度は、フェンスを二つ通《とお》り抜《ぬ》けソーシャルワーカーの事務所《じむしょ》に連《つ》れていかれた。小さな木造《もくぞう》の小屋にはブリキの屋根がのり、フェンスで囲《かこ》まれた庭もついている。ビンティは胸《むね》が高鳴り、すわって待っていることなどできなかった。庭に出て待つことにしよう。庭からは、女性《じょせい》の囚人《しゅうじん》たちが入っている小屋が見えた。何人かは外の草の上に腰《こし》をおろしている。ビンティがおずおずと手をふると、何人かが手をふり返した。

そこへクワシがやってきた。

ビンティは、あいさつも抜《ぬ》きにクワシを抱《だ》きしめた。もともと細身だったクワシは、今

はもっと細くなっていた。ビンティもクワシも涙《なみだ》をおさえることができなかった。

「中に入ってすわろうじゃないか」ジェレマイアが提案《ていあん》した。

事務所《じむしょ》の小屋の中には、食料《しょくりょう》や囚人《しゅうじん》の持ち物が保管《ほかん》されていて、ごたごたしていた。

二人は木箱の上にすわったが、しびれたようになって、しばらくの間言葉が出てこなかった。

「クワシは、盗《ぬす》みの罪《つみ》で送られてきたんですよ」ソーシャルワーカーが説明《せつめい》した。「細かいいきさつは、自分で話してくれるでしょうけどね。簡単《かんたん》に言っておくと、店の食べ物を盗《ぬす》んだと言って、おじさんが警察《けいさつ》を呼《よ》んだんです」

「裁判《さいばん》は開かれたんですか？」ジェレマイアがきいた。

「いいえ。裁判《さいばん》はずっと先になりますよ。法廷《ほうてい》に出るまで何年もかかる少年もいる」

「さあ、いっしょにゴゴの家に行こう」ビンティはクワシの腕《うで》に手をおいて、立ちあがった。「今すぐにね」

ビンティとクワシはドアのほうへ向かった。止めたのはジェレマイアだった。

「そんなに簡単《かんたん》じゃないんだよ、ビンティ。ここから出してあげられるかもしれないけど、今すぐは無理《むり》なんだ。もう一度すわって、話し合おう」

二人は戻《もど》り、相談が始まった。クワシは、何が起きたかを話した。

「働《はたら》くのはかまわなかったんだ」クワシが言った。「これまでの暮《く》らしはもうできないんだって、わかってたからね。でも、空腹《くうふく》に慣《な》れるのは難《むずか》しかった。おじさんのところには食べ物がたくさんあったのに、ぼくには分けてくれなかった」

きっと絵を描《か》くことも許《ゆる》されなかったのだろうと、ビンティは想像《そうぞう》した。

「善良《ぜんりょう》な子どもたちはみんな早死にしてしまったって、ゴゴが言ってたわ」ビンティが言った。

「この子たちのおばあさんは、すばらしい女性《じょせい》なんです」ジェレマイアがソーシャルワーカーに説明《せつめい》した。「この件《けん》でも、手を貸《か》してもらえるかもしれません。この少年を連《つ》れて帰るには、何が必要《ひつよう》ですか？」

「おじさんに告訴《こくそ》をとりさげてもらうことですな」ソーシャルワーカーが言った。「よくあることなんですよ。親が亡《な》くなったあげくに、預《あず》けられた家庭でひどい扱《あつか》いを受けて、ここに入ってくる。そういう子どもたちが、たくさんいるんです。親をなくした少年は大《おお》勢《ぜい》いますからね」

ジェレマイアは、エイズ患者支援組織《かんじゃしえんそしき》が囚人《しゅうじん》や看守《かんしゅ》を対象《たいしょう》にエイズ教育をすることについて、ソーシャルワーカーと相談し始めた。その間に、ビンティはジュニのことや、ゴゴの家での暮《く》らしについて、クワシに話して聞かせた。

「ここは、どんなの？」ビンティはたずねた。

「二人ほど友だちがいるよ。ぼくたちはかたまって、ほかのやつらとは離《はな》れているようにしてるんだ」

「どこで寝《ね》てるの？」

「みんなが、一つしか部屋のない建物《たてもの》の中で暮《く》らしてる。床《ゆか》に寝《ね》るんだけど、ぎゅうぎゅうづめなんだ。仰向《あおむ》けに寝《ね》るスペースがないから、みんな横向きで寝《ね》てるよ」

「食べるものはじゅうぶんにあるの？」

「毎日一回は、豆とンシマが食べられるはずなんだけど、看守《かんしゅ》は大きななべに入れたままで持ってくる。だからいつも奪《うば》い合《あ》いのケンカさ。運がいい日は、友だちの家族が果物《くだもの》を持ってきてくれるんだ。それを分けてもらう」

「クワシに食べ物を差《さ》し入《い》れできますか?」ビンティはジェレマイアたちの話をさえぎるようにしてたずねた。

ソーシャルワーカーは、門衛《もんえい》に預《あず》ければ自分に届《とど》くから、そうしたらクワシにわたしてあげると言ってくれた。

「今後も、訪問日《ほうもんび》なら食べ物を持ってくることができますよ」ソーシャルワーカーが言った。

別《わか》れを告《つ》げるのはつらかった。食べ物を買うお金はどうすればいいのか、次に訪問《ほうもん》するときの交通費《こうつうひ》はどうすればいいのか、見当もつかなかったが、それでもビンティはクワシに、食べ物を持ってくるし、また訪《たず》ねてくると約束《やくそく》した。

「望《のぞ》みを捨《す》てないようにな。どこにいるかつき止めたんだから、また来るよ」ジェレマイアが言った。

ビンティは門を通って戻《もど》っていく兄を見送った。クワシは、ふり返りもしなかったし、手もふらなかった。それがどうしてか、ビンティにはわかっていた。今ふり返ったら、ほかの少年たちの前で泣《な》いてしまいそうだったからだ。

ビンティとジェレマイアは市場へ行って果物《くだもの》を買い、留置所《りゅうちじょ》の門衛《もんえい》に預《あず》けた。門衛《もんえい》はあらかじめ聞いていたらしく、ソーシャルワーカーに届《とど》けると約束《やくそく》してくれた。

それが終わると、ビンティは「ストーリー・タイム」の昔の仲間《なかま》を訪《たず》ねてもいいか、きいてみようと思った。でも、けっきょくそれはやめることにした。あそこは、昔の自分がいたところで、今のビンティは新たな暮《く》らしを始めようとしているのだから。

18

プレゼント

「あの子たちには、もううんざりだよ」ゴゴはかんかんになった。「自慢《じまん》できるような子どもは早死にしちまって、残《のこ》ったのは、わたしの子どもとは言えないろくでなしばかりだね」

ゴゴは近所の人たちを回り、モンキー・ベイまで行けるだけのお金を集めた。少しでも余裕《よゆう》のある人が、なけなしのお金をはたいてくれたのだ。ゴゴはビンティから話を聞いた次の日に出かけていった。

「あんたたちで小さな子の世話をしてもらえるね」ゴゴは、出かけるときにメモリーとビンティに言った。「すぐ戻《もど》ってくるからね」

近所の女の人がひとり、いっしょに行くことになった。ビンティとメモリーは、ゴゴとその女の人を見送った。

「ゴゴは、具合がよくないから行かないほうがいいのに」メモリーが言った。

「具合が悪い？　年はとってるけど病気とは知らなかったな」

「心配事が多すぎるの。それで具合が悪くなるのよ」

メモリーとビンティは、ゴゴが行ってしまったあとの小道をずっと見ていた。

「あんたのお兄さん、仕事をふやすのかな？　それとも減《へ》らしてくれるのかな？」メモリーがきいた。

「どういう意味？」

「ここの仕事を手伝《てつだ》ってくれるのか、それとも世話がやけるのか、ってこと」

ビンティはにっこりした。

「クワシのことなら、心配いらないわ。まあ見てて」

「あんたが笑《わら》ってるなんて、めずらしいね」

「どういうこと？」

「ここ何週間か、あんたは、何かを失《うしな》ったのは自分だけだっていう顔で、ふさぎこんでたでしょ」

ビンティは、そんな言い方はされたくなかった。

「やることは、ちゃんとやってたでしょ」

メモリーは、ビューティをおぶっているチテンジを結《むす》び直《なお》した。

「たしかにやることはやってたけど、自分はここの仲間《なかま》じゃないって顔してたじゃないの。今はたまたま仕方なくここにいるけど、だれかが助け出してくれるのを待ってるってみたいにね。自分が特別《とくべつ》だって思ってるみたいにさ」

「だって、前は特別《とくべつ》なことしてたのよ」

「ああ、ラジオのことよね。一生そのことを言いつづけたいわけ？『あたしはラジオに出てたことがあります』ってさ」

「あんたに何がわかるの？」ビンティは言い返した。「前は、すばらしい世界があったのに、それがなくなっちゃったのよ。どんな気持ちか、あんたにはわかんないでしょ？」

「だったら、そういう体験《たいけん》ができたってことを喜《よろこ》べばいいじゃない。ビンティって、ときどきわかんなくなるわ」

ビンティは、メモリーにそう言われていらだった。しかもそのとおりなので、よけいいらいらした。

次の朝、目がさめるとおなかがシクシク痛《いた》んだ。頭もずきずきしていたが、小屋の中に入ってきたおんどりが朝を告《つ》げても、よくならなかった。ビンティは起きあがり、ニワトリを外へ追い出した。

「脚《あし》から血が出てるよ」外のトイレまで、マチョジと競走《きょうそう》で駆《か》けていくグレイシーが言った。見おろすと、片脚《かたあし》に血がついていた。切《き》り傷《きず》はない。とすれば、考えられるのは一つだった。

「エイズになっちゃった！　あたし、エイズになっちゃった！」

メモリーが飛《と》んできて、パニックになって騒《さわ》いでいるビンティをながめていたが、そのうち笑《わら》い出《だ》した。

「あんた、お母さんから生理のこと教わらなかったの？」

ビンティは長いことメモリーを見つめていたが、やがて自分の脚《あし》を見おろしたときには、パニックはおさまっていた。

「そういえば姉さんから教わってた」

「洗《あら》ってきなさいよ。何か用意しとくから。それにあんたたちも、ほら、行った行った」

メモリーは、そばでクスクス笑《わら》っている二人の女の子にも声をかけた。

ビンティが戻《もど》ってくると、メモリーが言った。

「この布《ぬの》を使って」

「あんたは、いらないの？」

「ビューティにおっぱいを飲ませてる間は、生理がこないのよ。これ、母さんのドレスだったの」メモリーは、色あせてはいても、やわらかい布《ぬの》に手をおきながら言った。

すばらしいプレゼントをもらったということが、よくわかった。ビンティも制服《せいふく》のブラウスから監督生《かんとくせい》のピンバッジをはずすと、メモリーのシャツにそれをとめた。それが、今ビンティが考えられるかぎり最高《さいこう》のプレゼントだったからだ。

＊

ゴゴは、二、三日で帰るはずだったのに、一週間近く帰ってこなかった。ゴゴがいないと、子どもたちはさびしがった。ビンティとメモリーは、やらなければならないことを全部自分たちでこなさなくてはならなかった。ふだんでも、ほとんどは自分たちでやってい

ることだが、ゴゴがいるのといないのとでは、ようすがちがった。泣《な》いている赤ちゃんをうまくあやしたり、ビンティとメモリーが口げんかをしたとき二人とも気分を害《がい》さないように仲裁《ちゅうさい》したりする役は、ゴゴでないとできなかった。

愛《あい》してくれるおとながまわりにいるのといないのとでは、ずいぶんとちがうのだ。

六日目の夕方近くになって、ようやくゴゴが戻《もど》ってきた。クワシもいっしょだった。

牧師《ぼくし》さんがいつも口にするけれど自分では一度も体験《たいけん》したことがない「奇跡《きせき》」というものが、ほんとうに起こったみたいだった。料理《りょうり》の火から目をあげると、そこにクワシがいたのだ。留置所《りゅうちじょ》にいたときより背《せ》がのびたような気がした。もちろんやせてはいたが、口の端《はし》を曲げる笑顔《えがお》はもとのままだ。世界じゅうの奇妙《きみょう》でおかしな秘密《ひみつ》を知っているのかと思わせるような、いつもの笑顔《えがお》だった。

「クワシ！」

ビンティは兄さんにしがみついた。しばらくしてゴゴが「すわらせてやりなさい」と言い、クワシはゴゴと並《なら》んでベンチに腰《こし》をかけた。帰りを待ちわびていた子どもたちが、すぐにゴゴのところへ押《お》しかけてきた。ビンティも、兄さんのとなりに腰《こし》をおろした。

そこへ、水をいっぱい入れたバケツを頭の上にのせてメモリーが戻《もど》ってきた。

「いとこのメモリーよ」ビンティは言った。「背中《せなか》にいるのは、メモリーの赤ちゃんのビューティなの」

クワシは立ちあがった。片手《かたて》で小さな子を抱《だ》いていたクワシは、もう片方《かたほう》の手でメモリーの頭の上からバケツをおろした。水が少しこぼれて、メモリーの顔にかかった。ビンティが驚《おどろ》いたことに、メモリーは抗議《こうぎ》しなかった。

その夜は、あまり話ができなかった。ゴゴは疲《つか》れていたし、クワシはすべてに圧倒《あっとう》されていたからだ。小さな小屋で全員が寝《ね》るのはなかなかたいへんだったが、クワシはそれでもまだ留置所《りゅうちじょ》ほどこみ合ってはいないと言うのだった。

その晩《ばん》、ビンティはぐっすり眠《ねむ》れた。兄さんといっしょになれたのだから、あとはジュニをさがして連《つ》れてくればいいだけだ。ゴゴはジュニも迎《むか》え入《い》れてくれるはずだ。

乾燥《かんそう》した涼《すず》しい冬が過《す》ぎ、春になった。すぐに十二月、一月の暑くて雨の多い夏がやってくるだろう。

「食べ物はあんまりないの」ビンティは、申《もう》し訳《わけ》なさそうにクワシに言った。

「留置所《りゅうちじょ》よりはいっぱいあるよ。それに、ここでは奪《うば》い合《あ》いをしなくていいしな」クワシはそう言い、少しずつ体力もつけていった。みなしごクラブの集まりや学校がない日は、クワシはムランジェの町まで歩いていって、仕事をさがした。ときには、かせいだお金を持ち帰ることもあったし、賃金《ちんぎん》がわりにもらった食べ物を持ち帰ることもあった。

「あたしもお金をかせげればいいんだけど」ビンティはメモリーに言った。「買わなきゃいけないものが、たくさんあるもの。バケツがもう一つあれば、二人で水をくみにいけるから、ひとりで何度も行かなくてすむようになるわ」

「屋根の修繕《しゅうぜん》も必要《ひつよう》ね」メモリーが言った。「ここは、雨がたくさん降《ふ》るからね。屋根が落ちて、つぶされた家族もいるのよ。だけど、あんたには、町に行かないでここにいてもらわないと」

メモリーがそう言う理由もよくわかった。何人かの幼《おさな》い子は具合が悪かったたし、ゴゴは寝《ね》ていることが多くなった。メモリーでさえ、くたびれはてて、トウモロコシを砕《くだ》くことのできない日もあった。

ある日、メモリーがとつぜん疲労《ひろう》に押《お》しつぶされたこともある。顔が土気色《つちけいろ》になり、立っていたその場所にくずおれると地面にたおれてしまった。ビンティが駆《か》け寄《よ》ったが、クワシのほうが早かった。クワシはシャツをぬいで枕《まくら》がわりにメモリーの頭の下におき、おぶいひもがわりのチテンジをほどくと、ビューティを自分の胸《むね》の前にくくりつけた。そして、ハトが鳴くようなおかしな声を出してビューティをあやした。人が見たら笑《わら》うかもしれないが、クワシは気にしなかった。

＊

やがてマラウイに飢《う》えの季節《きせつ》がやってきて、トウモロコシの値段《ねだん》がはねあがった。マチョジとグレイシーは、おなかの足しにするために、やぶに生えている根っこなど野生の食べ物をさがす方法《ほうほう》をビンティとクワシに教えた。マチョジもグレイシーも空腹《くうふく》のせいで、おしゃべりが少なくなっていた。

クワシがときどき地面に棒《ぼう》で何かを描《か》いているのに、ビンティは気づいていた。クワシの指は、きっと鉛筆《えんぴつ》をにぎって紙に何か描《か》きたくてたまらないのだろう。

ビンティにいい考えがうかんだ。さっそくラジオドラマの台本を持ってくると、クワシに提案《ていあん》した。

「この裏《うら》に何か描《か》いたらどう？」

「いいの？」

「これだって紙だもの。でも鉛筆《えんぴつ》は持ってないの」

「心配しなくていいよ。何か見つけるから」

クワシは、興奮《こうふん》をおさえきれなかった。火床《ひどこ》に行って燃《も》えさしを持ってくると、すぐに絵を描《か》き始《はじ》めた。最初《さいしょ》はもちろん鳥を描《か》いていたが、小さな子どもたちが寄《よ》ってくると、その子たちの顔を描《か》いていった。

これで一つ問題が片《かた》づいた、とビンティは思った。

ジェレマイアは、引きつづきジュニをさがしてくれた。知っているかぎりのエイズ教育の組織《そしき》に連絡《れんらく》し、ジュニをさがしてほしいと依頼《いらい》していた。

ジェレマイアがみんなのようすを見に立《た》ち寄《よ》ったとき、クワシは言った。

「ありがとうございます。見つけてもらえれば、ジュニはすごく感謝《かんしゃ》すると思います」

「いやいや、だいじょうぶだよ。そんな感謝《かんしゃ》なんか……」ジェレマイアは口ごもるように言うと、ビンティとクワシから目をそらして、あたりを見回した。

ジェレマイアが帰ってから、クワシが言った。

「あの人、姉さんに恋《こい》してるんだね」

「ジュニに恋《こい》してるって？　だけど、バンボのお葬式《そうしき》のときに一回会っただけなのよ」

「そんなの関係《かんけい》ないさ」

ビンティはムランジェの教会でジェレマイアに再会《さいかい》したときのことを思い出した。そういえば、ジュニのことをいろいろたずねていたっけ。

それからまた別《べつ》のことを考えた。

「でも、ジェレマイアはＨＩＶ《エイチアイブイ》陽性者《ようせいしゃ》なのよ」

「だから？　ＨＩＶ《エイチアイブイ》は血液《けつえき》を冒《おか》すだけで、心は冒《おか》さないからね」クワシは、向こうのほうにいるメモリーを見ながら言い、ビンティが見ているのに気づくと、あわてて近くの木の樹皮《じゅひ》のもようを見ているふりをした。

「わあ、恋《こい》の病にかかってないのは、あたしだけかも」歩き出そうとしたビンティの頭の中に、また別《べつ》のイメージがうかんだ。「ねえ、ジェレマイアの自転車の後ろにジュニが乗ってるとこって、想像《そうぞう》できる？」

クワシはすぐに台本をとり出して、焦《こ》げた棒《ぼう》で簡単《かんたん》な線を引きながら絵を描《か》いていった。ジェレマイアがペダルをこぎ、荷台につけた木箱には、すまし顔のジュニが腰《こし》かけている。ジュニは、しゃんと背筋《せすじ》をのばし、ブラウスのボタンをぴっちりとめ、大まじめな顔をしている。いかにもジュニらしくて、見ると吹《ふ》き出《だ》しそうになった。ビンティはその絵を見て、なおさらジュニに会いたくなった。

それから数週間すると、幼《おさな》い子の数がひとり減《へ》った。

その子がゴゴの家に来たのは、つい最近《さいきん》のことだった。その一週間前にお母さんが亡《な》くなったので、ここにやってきたのだ。

「病気のようには見えなかったのにね」クワシが抱《だ》いている遺体《いたい》の顔を見て、ビンティが言った。

「子どもだって、悲しみのせいで死ぬことがあるんだよ」ゴゴが言った。「お母さんがいなくなって心にぽっかりと穴《あな》があいちまったんだね。その穴《あな》が広がって、生きる気力をなくしちまったんだ。この子を埋葬《まいそう》するためにアシを集めてこないと」

お金がなくて棺《ひつぎ》や毛布《もうふ》を買えない人は、アシを編《あ》んだもので遺体《いたい》をくるむ。

「棺《ひつぎ》をつくってあげようよ」ビンティが言った。

「どうやって？　木材《もくざい》もないし、道具もないのに？」

「何か見つかるわよ」

ゴゴは小屋の中で遺体《いたい》のそばについていたが、クワシとビンティは棺《ひつぎ》をつくる相談をした。マチョジとグレイシーにも手伝《てつだ》ってもらって、木の枝《えだ》やアシをさがす。最初《さいしょ》は小枝《こえだ》を編《あ》もうとしたが、うまくいかなかった。次は小枝《こえだ》をアシで結《むす》んでみたが、これも不安定《ふあんてい》だった。最後《さいご》に、ビンティがなたを借《か》りてきて太い枝《えだ》に刻《きざ》み目《め》を入れ、それを組み合わせて形をつくり、合わせ目をアシでゆわえてゆるまないようにした。これなら形も崩《くず》れない。

「重たいおとなの人だとだめだけど……小さな子なら、だいじょうぶだな」

クワシはそう言うと燃《も》えさしをとって、棺《ひつぎ》の底《そこ》に小さな鳥の絵を描《か》いた。

牧師《ぼくし》さんを呼《よ》んでの正式のお葬式《そうしき》は行われなかった。近所の人たちが集まって、林の中に間に合わせにこしらえた墓地《ぼち》に眠《ねむ》るお母さんのとなりにその子を埋《う》めた。みんなで歌をうたい、お祈《いの》りをし、聖書《せいしょ》を読み、心のこもったやり方で、その子を天国に送ったのだった。

19 ヘブン・ショップの再開《さいかい》

それから二日後、ビンティは、小さな男の子の体を洗《あら》おうとしていた。じっとしていないので、なかなかたいへんだ。そこへ、ひとりの男の人がうつむいたままやってきた。メモリーは洗濯《せんたく》をしていた。

「その子は、あんたの弟かい?」男の人はビンティにたずねた。

「いとこです」ビンティは言った。男の人が、その子をじっとさせようと静《しず》かな声で話しかけてくれたので、その間にビンティは男の子の体を洗《あら》って、服を着せることができた。

男の人が言った。

「うちに、その子より少し小さい息子《むすこ》がいるんだが、もうすぐあの世に行ってしまう。棺《ひつぎ》をつくってもらえないかな? ちゃんと埋葬《まいそう》してやりたいんだが、お金がないんだ」

「だったら、かわりにうちの屋根を修理《しゅうり》してもらえませんか?」シャツをしぼって木の枝《えだ》に干《ほ》していたメモリーがきいた。

男の人は後ろにさがって、屋根を見た。

「専門家《せんもんか》じゃないが、やってみよう」

「それなら、息子《むすこ》さんの棺《ひつぎ》をつくりましょう」メモリーが言った。

男の人が帰ってから、ビンティはメモリーに言った。

「ただでつくってあげてもよかったのに。あの人、すごく悲しそうだったじゃないの」

「ただでつくってあげても悲しいのは治《なお》らないし、ここの屋根の穴《あな》も直らないのよ」メモリーがビンティに言った。

「あんたたちは棺《ひつぎ》をつくってよ。あたしはお客と交渉《こうしょう》するからさ」

というわけで、子どもたちは、棺《ひつぎ》をつくる商売を始めることになった。数日のうちに、メモリーは赤ちゃんの棺《ひつぎ》の注文《ちゅうもん》をさらに三つとってきた。棺《ひつぎ》は一つ一つちがっていた。材料《ざいりょう》の枝《えだ》の形がちがっていたからだ。でも、どれもしっかりしたもので、暗い土の中におかれた赤ちゃんが安らぐにふさわしい棺《ひつぎ》だった。

代金は、ひとりはヤムイモで払《はら》い、あとの二人は現金《げんきん》で払《はら》ってくれた。子どもたちはゴゴのところに行き、お金の使い道を相談した。

「ゴゴはこのお金をだれかにあげたいかもしれないけど、これで木材《もくざい》や大工道具を買えば、もっとお金が入ってくるのよ」メモリーがゴゴに言った。

「もう一つバケツを買えば、ひとりで何度も井戸《いど》に行く必要《ひつよう》がなくなるわ」ビンティは別《べつ》のアイディアを出した。

「うちの孫《まご》たちは、なんて賢《かしこ》いんだろう。おまえたちで決めなさい」ゴゴは言った。

話し合った結果《けっか》、木材《もくざい》と大工道具を買う案《あん》が通った。クワシが予想どおりメモリーの案《あん》に賛成《さんせい》したからだ。

クワシとメモリーが、中古の大工道具を買えるかどうか調べにムランジェの町まで歩いていくことになり、その間ビンティは、ビューティやほかの小さな子たちの世話をすることになった。

ビンティはメモリーにならって、ビューティを背中《せなか》におぶうことにしたが、うまくいかないのでマチョジやグレイシーが笑《わら》い出《だ》した。ビンティはゴゴに助けを求《もと》めたが、ゴゴも体を二《ふた》つ折《お》りにして笑《わら》い転《ころ》げているばかりだった。ビンティは怒《おこ》っているふりをしたが、ほんとうは、みんなして笑《わら》うのが楽しかった。

「うちの孫《まご》たちは、とても賢《かしこ》いうえに、とてもおかしいね」

ゴゴは、息がつけるようになるとそう言い、チテンジでビューティをビンティの背中《せなか》におぶわせると、昼寝《ひるね》をすると言って小屋の中に入っていった。

ビンティは、その午後のしきり役を任《まか》されて、ちょっと得意《とくい》だった。

「水をくんできて」マチョジとグレイシーに言うと、二人はバケツを持って井戸《いど》まで走っていった。ビンティはンシマを料理《りょうり》できるように準備《じゅんび》し、庭を掃除《そうじ》し、マチョジたちが帰ってくると、今度は薪《まき》を拾いにいかせた。

その間ビューティはほとんど眠《ねむ》っていて、背中《せなか》にはずっしりとしたぬくもりがあった。

やがてビューティがもぞもぞ動きだした。マチョジたちにたのんで背中《せなか》からおろしてもらうと、ビューティの体を洗《あら》ってやり、抱《だ》いたまま腰《こし》をおろすと、小さなたき火にかけた夕《ゆう》ご飯《はん》のなべをかき回した。

「ただいま！」クワシとメモリーがそう言いながら、庭に入ってきた。

大きな板を何枚《なんまい》か、かかえている。そして板の上には、かなづちと、さびが出たのこぎりと、釘《くぎ》の小袋《こぶくろ》がのっていた。

「クワシがお店のおじさんの似顔絵《にがおえ》を描《か》いたら、この板をくれたの」メモリーが言った。

「メモリーの値切《ねぎ》り方《かた》も、うまかったんだよ。みんなに聞かせたかったな。しかも、お金がまだ余《あま》ってるんだ！」

二人は板を下におくと、買ってきた道具から小さな子どもたちを遠ざけた。

ビンティは二人に飲み水を持ってくると、マチョジとグレイシーに言った。

「そろそろ夕《ゆう》ご飯《はん》だから、ゴゴを起こしてきて」

「ゴゴ！　ゴゴ！」女の子たちは、呼《よ》びながら小屋の中に入っていった。

「看板《かんばん》をつくらなきゃね」メモリーが言った。「注文《ちゅうもん》を受けてることがわかるようにね。それと、店の名前も考えなきゃ」

「名前は、ヘブン・ショップにしよう」クワシが提案《ていあん》した。

「それから、迷《まよ》わず天国へ行ける棺《ひつぎ》の店って書くのよ」ビンティがつづけた。

「ヘブン・ショップっていうのは、いいね」メモリーも賛成《さんせい》した。

「ゴゴ、ねえ、起きてったら！」小屋の中からグレイシーが笑《わら》いながら言う声が聞こえてきた。

「看板《かんばん》に、この板を使ってもいいかしら？」ビンティは考えこんだ。

「ゴゴ！　ゴゴ！　目をさましてよ！」グレイシーの声はもう笑《わら》ってはいなかった。

小屋に駆《か》けこんだのは、脚《あし》の長いクワシがいちばん早かった。

グレイシーとマチョジが、ゴゴの腕《うで》を引っぱっていた。

「起きてよう！」

ビンティとクワシが、二人を外に連《つ》れ出《だ》した。数分後に、メモリーが出てきた。ほおに涙《なみだ》が伝《つた》っている。

「死んじゃった。ゴゴが死んじゃった」メモリーが泣《な》きながら言った。

＊

ゴゴの棺《ひつぎ》は、みんなでつくった。

クワシが板をのこぎりで切ろうとしたが、自信《じしん》がなかった。クワシはビンティにのこぎりをわたしながら言った。

「ぼくよりうまいだろ」

ビンティは何度か切る練習をしてから目をつぶり、父さんがそばにいたらどんな指示《しじ》を出すだろうかと考えた。板を切ってみると、角はぴったりはまった。父さんよりは釘《くぎ》をたくさん使ったけれど、しっかりした棺《ひつぎ》がなんとかできあがった。

持って帰った板だけでは全体をおおうふたをつくるには足りなかったので、あいている部分にはアシを編《あ》んでかぶせることにした。マチョジとグレイシーがアシを集めにいき、メモリーがそれを編《あ》んだ。ペンキはなかったが、クワシが釘《くぎ》を使って棺《ひつぎ》の底《そこ》に鳥を彫《ほ》った。

できた棺《ひつぎ》にみんなでゴゴをかかえ入れ、まわりを整えた。

知らせを聞いて、ジェレマイアもやってきた。

「親戚《しんせき》の人たちが来て、ここにあるものも、また持ってってちゃうのかな?」ビンティは狭《せま》い庭を見わたしながら、ジェレマイアにきいた。持っていくものなど、ほとんど何もないけれど。

「親戚《しんせき》の人たちは来ないよ」ジェレマイアが告《つ》げた。「もし何かあったら親戚《しんせき》に知らせるのはいいが、来るにはおよばないって伝《つた》えるように、ゴゴは牧師《ぼくし》さんにたのんであったたんだ。親戚《しんせき》の人たちが、もう二度ときみたちをひどい目にあわせないようにね。それから、持ち物は全部、子どもではなく孫《まご》たちに譲《ゆず》るようにと書いた遺書《いしょ》も、牧師《ぼくし》さんにたのんでつくってあった」

ゴゴのお葬式《そうしき》には多くの人々《ひとびと》が参列《さんれつ》した。この地域《ちいき》では毎日大勢《おおぜい》の人が亡《な》くなるので、参列《さんれつ》するほうも、すべてに出ていたのではほかの用事が何もできなくなる。それなのにこんなに大勢《おおぜい》来てくれたというのは、ゴゴがみんなに敬愛《けいあい》されていたしるしだった。集まった人たちは、自分たちが愛《あい》し、また愛《あい》してもらった老女《ろうじょ》の死を悼《いた》んで泣《な》き、歌をうたい、祈《いの》りをささげた。みんなが、残《のこ》された子どもたちを抱《だ》きしめ、少しでも余裕《よゆう》がある人は食べ物を持ってきてくれた。

牧師《ぼくし》さんも、胸《むね》がいっぱいになったらしく両手をあげて言った。

「この善《よ》き婦人《ふじん》は、地上において十人分の働《はたら》きをしていました。この子たちがこしらえたすばらしい棺《ひつぎ》を見れば、この婦人《ふじん》の愛《あい》が子どもたちに惜《お》しみなく注《そそ》がれていたことがわかります。婦人《ふじん》を敬愛《けいあい》していたみなさん方も、この先、棺《ひつぎ》が必要《ひつよう》なときは、どうかこの子たちに注文《ちゅうもん》を出してやってください。そして、おたがいに家族同様のつき合いをこれからもしてやってください。そうすることによって、地上での役割《やくわり》を今終えたこの婦人《ふじん》も、この棺《ひつぎ》の中で安らかな休息を得《う》ることができるでしょう」

いくつものお墓《はか》が並《なら》んだ教会の墓地《ぼち》は、会葬者《かいそうしゃ》でごった返していた。ビンティたちが最《さい》初《しょ》に、棺《ひつぎ》の上にひとつかみずつ土を落とした。幼《おさな》い子どもたちが土を落とす番になると、ビンティとクワシが手伝《てつだ》ってやった。メモリーは泣《な》き崩《くず》れていた。子どもたちの手から離《はな》れた土は、やわらかな音を立ててゴゴの棺《ひつぎ》の上に落ちていった。

墓地《ぼち》から出ていくとき、何人かがやってきて、棺《ひつぎ》を注文《ちゅうもん》したいと言ってくれた。身内に、死が間近に迫《せま》っている人がいるという。

ある男の人は言った。

「何日かしたら、たのみにいくよ。今はまだ悲しくて、きみたちも仕事にとりかかるどころじゃないだろうからね」

「そんなに長いこと悲しんでばかりはいられないんです。食べさせなきゃいけない小さな子がたくさんいますから」と、クワシが言った。

20 ジュニ

子どもたちはあいかわらず大勢《おおぜい》いるのに、ゴゴの家はなぜか空っぽになった感じがした。ゴゴにまとわりついていた幼《おさな》い子どもたちは、ビンティやクワシやメモリーにしがみつくようになった。

数日の間は、ジェレマイアがいっしょについていてくれたが、いつまでもいるわけにはいかない。

「ジュニのことはもっと調べてみるよ。見かけた人がいるかもしれないからね」出発する前にジェレマイアが言った。

「ジュニも、ここに来るべきなんだ」クワシが言った。

「ぼくもそう思うよ」ジェレマイアはそう言い、自転車に乗って去っていった。

棺《ひつぎ》の店には、ぽつぽつと注文《ちゅうもん》が入り始めた。

メモリーが、牧師《ぼくし》さんやみなしごクラブにたのむと、板やほかの大工道具を買うためのお金を貸《か》してもらえることになった。メモリーはまたペンキ屋の主人にたのんで、ほとんど空になった古いペンキ缶《かん》をもらってきた。クワシがそのわずかなペンキと、枝《えだ》の先を裂《さ》いてつくった刷毛《はけ》で看板《かんばん》を書いた。

ヘブン・ショップ――迷《まよ》わず天国へ行ける棺《ひつぎ》の店――

道具を扱《あつか》うにはまだ幼《おさな》すぎるマチョジとグレイシーは、作業場となる庭を掃除《そうじ》した。

「お客さんの悲しみをしっかり受け止めて、敬意《けいい》を払《はら》うためには、できるだけのことをしないとね」ビンティが二人に言い聞かせた。「店が散《ち》らかっていると、悲しみをちゃんと受け止めてないと思われるの。それに店が片《かた》づいていると、火事の危険《きけん》も少なくなるのよ」

父さんが言っていたことを、ビンティはちゃんとおぼえていたのだ。

＊

お金が入ってくるようになった。たくさんではないが、みなしごクラブがないときでも、みんなが食べていく分くらいはまかなえるようになった。忙《いそが》しくしていると、ゴゴがいないさびしさもまぎらわすことができた。

「いつかもう一つ小屋を建《た》てないとね。小さな子たちが大きくなると、ここだけでは足りなくなるよ」クワシが言った。

「冬が来る前に、毛布《もうふ》が買えるかもしれないね」ビンティは言った。チペロニの季節《きせつ》が来ても暖《あたた》かくしていられれば、それが最高《さいこう》のぜいたくだという気がした。

お客さんとの交渉《こうしょう》はクワシが担当《たんとう》したが、うまくまとまらないときは、メモリーの出番だった。にこやかなクワシは、お客さんたちに気に入られた。クワシはまた、村じゅうを歩き回って、「ヘブン・ショップ」の宣伝《せんでん》もした。

注文《ちゅうもん》があるのは棺《ひつぎ》ばかりではなかった。ひとりの女の人は、仕事が終わったとき家の外でくつろぐためのベンチがほしいと言った。床《ゆか》に寝《ね》るのに飽《あ》きた人がベッドを注文《ちゅうもん》することもあった。設計《せっけい》はクワシが担当《たんとう》した。寸法《すんぽう》を測《はか》るのがうまいビンティは、つくる作業のほとんどを引き受けた。水をくんだり、幼《おさな》い子の世話をしたりすることでビンティの腕《うで》はたくましくなり、父さんの葬儀《そうぎ》のときから見ると、大工の腕《うで》もあがってきていた。メモリーは、板や材料《ざいりょう》を売る店との交渉《こうしょう》を担当《たんとう》し、最低《さいてい》の値段《ねだん》で板を仕入れた。支払《しはら》いはお金の場合もあり、食べ物の場合もあった。ぜいたくな石けんを一箱持ってきたお客さんもいる。その人の妻《つま》が、イギリスにいるいとこから送ってもらった石けんだったが、使うことがないまま命を終えてしまったのだ。メモリーは、店に出かけてそれをふつうの石けんととり替《か》え、おまけに水くみ用のバケツまで一つ手に入れてきた。

「もうすぐ雨季《うき》になるわね。板をぬらさないような方法《ほうほう》を考えないと」メモリーが言った。「板を扱《あつか》うあたしもぬれないように考えてね」

「板のほうが大事よ」メモリーはそう言うと、にやっと笑《わら》った。ビンティも笑《わら》い返《かえ》した。

作業場をビニールシートの屋根でおおう作業は、ジェレマイアが手伝《てつだ》ってくれた。ひどい雨でも、ビンティはその下にいればぬれずに作業することができた。屋根の下には、たいてい幼《おさな》い子が何人もいて、おがくずや小さな木ぎれで遊んでいた。

次にジェレマイアが来たときには、いい知らせを持ってきた。

「お姉さんが見つかったぞ！」

ビンティは、年下の男の子たちとサッカーをしていたクワシを呼《よ》んだ。メモリーも、掃《そう》

除《じ》をしていた小屋から出てきた。

「そんなに遠くないところにいるんだ。モザンビークとの国境《こっきょう》の町ムロザにいる。ここからだと三十キロくらいかな」

「どうして連《つ》れてこなかったの?」ビンティがきいた。

「今はまだ来たくないって言うんだ。ちょっとすわって話をしよう」

火床《ひどこ》を囲《かこ》んですわると、メモリーがジェレマイアに水を持ってきた。

「ジュニは、ムロザで何をしてるの?」クワシがきいた。

「ほかの女の人たちと家を借《か》りて、トラック運転手たちの相手をしている。まあ、そうやってお金をかせいでるんだ」

それを聞いたとたんクワシはとびあがり、ジェレマイアが持っていたコップをたたき落として、さけんだ。

「ウソつくな!」

「クワシ!」ビンティは、兄をつかんで止めたが、クワシは妹をふり払《はら》い、ジェレマイアの胸《むな》ぐらをつかんで立たせた。

「姉さんのことを、そんなふうに言うなんて許《ゆる》さないぞ！」

ジェレマイアはあらがおうとしなかったし、ケンカをするつもりもないようだった。クワシがいくらにらみつけても、落ち着いていた。やがてクワシは手を放し、ベンチに腰《こし》をおろして泣《な》き始《はじ》めた。

ジェレマイアがそばにしゃがんで、おだやかな声で言った。

「お姉さんのジュニは、これまで会った中で最《もっと》もりっぱな女性《じょせい》のひとりだよ」

クワシはそでで涙《なみだ》をぬぐった。

「ジュニがそんなことしてるはずがないよ。ジェレマイアは、姉さんを知らないんだ。絶《ぜっ》対《たい》そんなことするはずないんだ」

ビンテイは、リロングウェでの暮《く》らしを思い出して言った。

「ジュニは、自分を見失《みうしな》ってるのよ。あたし、それがどういうことか、わかるの。自分が手からこぼれ落ちていく感じなの」

クワシは、少し考えていたが、やがてうなずいた。

「そういえば、モンキー・ベイにいたときのぼくもそうだった。自分がどういう人間なのか忘《わす》れそうになってた。留置所《りゅうちじょ》にいたときは、もっとひどかった」

「あたしも、おじさんの友だちに利用《りよう》されてたとき、自分がわからなくなったの。ゴゴに助けてもらって、また自分を見つけることができたの」

「ぼくだって、HIV陽性《エイチアイブイようせい》って言われたとき、病気が自分のすべてだと思ってしまった。ジェレマイアという人間は消えて、HIV《エイチアイブイ》しか見えなくなっていた」

「どうやって自分をとり戻《もど》したんですか？」クワシがたずねた。

「ほかのHIV陽性者《エイチアイブイようせいしゃ》に出会ったんだ。その人たちは、自分は病気じゃないし、前向きに生きているって話してくれた。それを聞いて、ジェレマイアという人間がまた自分の中に戻《もど》ってきたんだ」

それぞれが、自分の生きてきた道を静《しず》かに考えていたが、やがてクワシが立ちあがった。

「したくしろよ、ビンティ。姉さんを迎《むか》えにいこう」

「無理《むり》だよ！」ジェレマイアが言った。「ジュニは恥《は》じている。強引なことはしないほうがいい。それに……まだほかにもある」

「何？」

「ジュニが話してほしいと言ってたことが、もう一つあるんだ。男たちは、コンドームを使わないときのほうがお金をたくさん払《はら》うんだそうだ。それで、エイズ検査《けんさ》をしてくれとたのまれた。結果《けっか》は陽性《ようせい》だった」

「それで?」クワシがたずねた。

「それでもきみたちがいっしょに暮《く》らしたいかどうか、ジュニは自信《じしん》がないんだ」

「自分が特別《とくべつ》だって思ってるのね」ビンティが言った。「もう待ってるのはうんざりよ」

ビンティは急いでしたくをしにいった。

「そんなこと言ったって、居場所《いばしょ》を知らないだろう」ジェレマイアが言い返した。

「だから、いっしょに来てもらうんだよ」クワシが言った。

したくは、すぐにできた。出かける前にクワシはメモリーにきいた。

「いいかな?」

「お姉さんを連《つ》れて帰って」メモリーは言った。「ここを手伝《てつだ》ってほしいの。でも、急いでね。お店には注文《ちゅうもん》がどんどんきてるから」

ビンティとクワシとジェレマイアは、幹線《かんせん》道路に向かって出発した。ジェレマイアはぶつぶつ言っていたが、ビンティが「ジュニに会いたくはないんですか？」と言うと、すぐに目をかがやかせた。

三人は、紅茶《こうちゃ》を運ぶトラックの荷台に乗せてもらった。そこには、紅茶《こうちゃ》のプランテーション（大規模農園《だいきぼのうえん》）で働《はたら》く子どもたちが乗っていた。ビンティが茶葉をつめた袋《ふくろ》に腰《こし》をかけると、トラックは幹線《かんせん》道路をスピードをあげて走っていった。

たいして乗らないうちにムロザに着いた。ビンティはモザンビークとの国境《こっきょう》の向こうをながめてみたが、マラウイ側《がわ》と何も変《か》わったところはないみたいだ。トラック運転手は三人を道路のわきに降《お》ろした。

「どっち？」クワシがジェレマイアにたずねた。

「こっちだ」幹線《かんせん》道路わきの酒屋の裏手《うらて》には小さな家が並《なら》んでいた。女の人と赤ちゃんが玄関前《げんかんまえ》にすわっている家もある。あっちにもこっちにもトラックが停《と》まっていた。

「これがその家だ」ジェレマイアが言った。

ほかの家と同じように、小さくてみすぼらしいが、庭はきれいに掃除《そうじ》されて、横には花壇《かだん》もある。

「ジュニらしい家だな」クワシが言った。

クワシがドアまで歩いていってノックしようとしたとき、ドアが中からあいた。

戸口に出てきたのは、ビンティの知らない女の人だった。

「姉のジュニ・ピリをさがしているんです」クワシが言った。

女の人がにっこりしながら言った。

「ジュニは、あんたたちのことをいつも話してるわ。こんにちは、ジェレマイア」

女の人は、小さな居間《いま》に三人を案内《あんない》した。居間《いま》には何人かの女の人とその子どもたちがいて、夜の仕事が始まる前の時間を過《す》ごしていた。

そして、そこにジュニもいた。

ビンティが気づく前に、クワシがジュニを抱《だ》きしめていた。ビンティは弟にかかえられている姉をじっくり観察《かんさつ》した。

ジュニは、頭にスカーフを巻《ま》いて、父さんなら眉《まゆ》をひそめるような短いスカートをはき、昔のジュニなら古着の山の中で見つけてもフンと言って放《ほう》り出《だ》したようなピンク色のシャツを着ていた。

ビンティは姉さんを見つめつづけ、クワシが離《はな》れても近寄《ちかよ》ろうとはしなかった。ジュニもそこにつっ立ったままだった。

ついにビンティが口を開いたとき、出てきたのは、自分でも思いがけない言葉だった。

「あたしをおき去りにしたのよね！」ビンティはどなった。

「それがいちばんだと思ったのよ」

「いっしょに連《つ》れてってくれればよかったじゃない！」ビンティはいつのまにか泣《な》きだして、大きくしゃくりあげていた。おさえようとしても、もう止まらなかった。

ジュニは、短すぎるスカートのポケットから、きちんとたたんだ清潔《せいけつ》なハンカチをとり出すと、ビンティが泣《な》きやむまで、ほおを流れ落ちる涙《なみだ》をぬぐってくれた。そして、ビンティの古い制服《せいふく》の襟《えり》のしわをのばしてくれた。

「監督生《かんとくせい》のピンバッジはどうしたの？」ジュニがおだやかな声できいた。

「メモリーにあげたの」ビンティは答えた。

「あれだけ大事にしてたものをあげるなんて……そうか、あんたはもう子どもじゃないのね？」

ビンティはジュニの耳に、おとなになったことを告《つ》げるもう一つのニュースをささやいた。ジュニがビンティの額《ひたい》にキスした。

「背《せ》ものびたわね」ジュニが言った。

「ゴゴのことは知ってる？」ビンティがたずねた。

「ジェレマイアが話してくれたわ」

「さあ、荷物をまとめて。いっしょに戻《もど》るんだよ」クワシが言った。

「荷物つくるの手伝《てつだ》うわ」ビンティが言った。

ほかの女の人たちが笑《わら》った。

「ジュニは、ここに来た最初《さいしょ》の日から、あんたたちのところへ行こうとして、いつも荷物をつくってたのよ」

「だったら早いね」クワシが言った。

「ちょっと待ってよ」ジュニが口をはさんだ。「そんな、急に押《お》しかけてきて、あんたたちの好《す》きなようにできると思ったら大まちがいよ」

「まちがいじゃないね」クワシが言った。

「ほら、急いでよ」ビンティが言った。「急がないと、ただじゃおかないわよ」

ジュニの口癖《くちぐせ》が最後《さいご》の一押《ひとお》しになった。今度はジュニが泣《な》きだし、妹を抱《だ》きしめた。

「おや、ジュニを泣《な》かしちゃったじゃないか。困《こま》るな」ジェレマイアが言った。

女の人たちは、ジュニに熱《ねっ》をあげているジェレマイアをからかうように笑《わら》った。ひとりは、ジェレマイアの肩《かた》に手を回してこう言った。

「気にしないでいいのよ。ジュニが嫌《いや》だって言うんなら、あたしが結婚《けっこん》してあげるからね」

ジュニはどぎまぎし、それを隠《かく》そうとするように弟や妹に自分の持ち物のありかを示《しめ》し、大事に運ぶようにと指示《しじ》をとばした。

ひとりの女の人が外へ出て、ムランジェに向かうトラックの運転手をさがしてきた。すぐに荷物は荷台に積《つ》みこまれ、ジュニは友だちに別《わか》れを告《つ》げた。

「ムランジェにも遊びに来てくださいね」ビンティは女の人たちを招待《しょうたい》し、女の人たちは、そのうち行くから、と言ってくれた。

間もなくトラックは幹線《かんせん》道路に出て、ムロザの町をあとにした。

ビンティは姉さんのとなりに腰《こし》をおろしていた。ジュニは古い学校の制服《せいふく》に着替《きが》えていたが、それはちゃんとつくろいがなされ、きれいに洗《あら》ってあった。

「この服は、この日のためにとっておいたの」ビンティが服を見ているのに気づくと、ジュニは言った。「あんなの着てるとこ、見られたくなかったのに」

「こっちのほうがジュニらしいね」ビンティが言った。

「これがわたしなのよ」

ビンティは、姉さんのほうに体を寄《よ》せた。もうすぐみんなして家に帰れるのだ。

21 ゴゴの家族

「ただいま」ビンティは言った。

ゴゴの家が、今ではビンティの家だったし、「ヘブン・ショップ」はりっぱな店だと思っていた。でもジュニの目にはどう映《うつ》るのだろう。ジュニは、この家をあまりにもみすぼらしいと思い、作業場をあまりにもお粗末《そまつ》だと思うだろうか？　こんなところにはいられないと思うだろうか？

けれど、ジュニはほほえんでいた。そして、メモリーが迎《むか》えに出てくると、ますます笑《え》顔《がお》をかがやかせた。

「あなたがメモリーよね。ジェレマイアから話を聞いてたわ。それに、この赤ちゃんがビューティよね」

「あたしもゴゴから、ジュニさんの話を聞いてました。よくいらっしゃいました。ここに来てほしいと思って待ってました」メモリーが言った。

「ねえ、荷物の中には何が入ってるの？」グレイシーがたずねた。

ジュニは、ビューティの額《ひたい》にキスして言った。

「みんなにあげたいものよ。長いことかかって集めたの。ほんとうは、二週間先のクリスマスのときに来て、びっくりさせようと思ってたんだけどね」

「かわりにぼくたちがびっくりさせちゃったんだね」クワシが言った。そして、小さな子どもたちがわっと集まってきたのを見ると、また言った。「ほらほら、それじゃあジュニが身動きもできないじゃないか」

最初《さいしょ》の包《つつ》みには、石けん、針《はり》と糸、料理用《りょうりよう》なべ、プラスチックのお皿、小さな子の体を洗《あら》うのにもぴったりのプラスチックのたらいなどが入っていた。次の包《つつ》みには、古着や毛布《もうふ》が入っていた。三つ目の包《つつ》みは、ほかの二つより小さいわりにどっしり重かったが、お米やお茶や干《ほ》し豆《まめ》やちょっとした薬が入っていた。でも、四つ目の包《つつ》みが、いちばんのハイライトで、そこにはみんなへのプレゼントが入っていた。小さな子どもたちにはボール、クワシには紙と色鉛筆《いろえんぴつ》、メモリーには何枚《なんまい》かのチテンジ、そしてビンティには劇《げき》の本だ。

「この本は、古本屋さんで見つけたの。ラジオに出てたあんたは、とってもじょうずだったでしょ。練習をつづけて、大きくなったら役者になるといいわ」

じっさいに本を手にとってみると、自分が読むものに飢《う》えていたことにビンティはあらためて気づいた。表紙には、『若《わか》い俳優《はいゆう》のための劇《げき》の本』と英語《えいご》で書いてある。

「ここの人たちのほとんどは英語《えいご》がわからないの」ビンティは言った。

「だったら、翻訳《ほんやく》すればいいじゃない」ジュニが言った。ジュニはカバンの中からノートとペンをとり出すと、ためてきたお金を何に使ったらいいかをクワシやメモリーと相談し始めた。

早く本が読みたかったビンティは、静《しず》かな場所に行こうとした。

「待って、もう一つプレゼントがあるのよ、ビンティ」ジュニは、ビンティの記事が載《の》っている「ユース・タイムズ」をとり出した。

「どうやって？　……アグネスおばさんから返してもらったの？」

「いいえ。おばさんはとりあげた新聞を燃《も》やしちゃったんだと思うわ。露店《ろてん》で売ってるのを見つけて、あんたがほしがると思って買っといたの。自慢《じまん》できることですもんね」

ビンティは木陰《こかげ》に腰《こし》をおろして新聞を広げた。そこには、マイクに向かって台本を読んでいるビンティの写真が載《の》っていた。でも、写真の中の少女は、もう自分ではないように思えた。台本を見せびらかしながら威勢《いせい》よく町を歩いていたのは、ほんとうに自分だったのだろうか？　ビンティは、かつての自分を、そしてかつて自分が大事だと思っていたものを思い出して、ちょっと恥《は》ずかしくなった。

でも、ラジオに出演《しゅつえん》していい演技《えんぎ》をしていたのは、自慢《じまん》してもいいことなのだ。ファンレターをもらったこと、ワジルさんにほめられたこと、そして父さんが「うちの有名人」と呼《よ》んでくれたことなどを、ビンティはなつかしく思い出した。

とはいえ、今のビンティには、ほかにも自慢《じまん》できることがある。ぶたれるとわかっていてもアグネスおばさんに立ち向かったし、水をくみ、ンシマをつくり、頼《たよ》ってくる幼《おさな》い子どもたちの世話もしてきた。それに、ディレクターの指示《しじ》どおりではなく、自分から劇《げき》中人物《ちゅう》になりきることも、劇《げき》の仲間《なかま》から今学んでいるところだ。

ビンティは、昔の自分の写真から目をあげた。庭の向こうのヘブン・ショップの看板《かんばん》の下では、ジュニたちが話をしている。もっと年下の子どもたちは、まるでもうクリスマスがきたみたいに、はしゃいだり笑《わら》ったりしている。雨よけのシートをはった作業場には、大小とりまぜていくつかの棺《ひつぎ》がきちんと並《なら》べてあり、お客が来るのを待っている。

「うちの棺《ひつぎ》には、涙《なみだ》が入ります」と、いつか父さんは言っていた。あれは、子どもを失《うしな》って打ちひしがれた親が棺《ひつぎ》をとりに来たときだった。「涙《なみだ》は棺《ひつぎ》を軽くしますから、死者はそれだけ早く天国にのぼっていけるのです。だれも泣《な》いてくれなかったら、天国へのぼるのは難《むずか》しいのですよ。うちの棺《ひつぎ》には善《よ》き悲しみがいっぱい入るのです」

それ以来《いらい》、ビンティは父さんを亡《な》くして泣《な》き、ゴゴを亡《な》くして泣《な》いた。これから先も泣《な》くことはたくさんあるだろう。生きたり愛《あい》したりするためには、けんめいに働《はたら》き、つらい時間を乗《の》り越《こ》え、くじけないでいることが大事だが、それには涙《なみだ》もつきものらしい。

父さんの言うとおりだ。悲しみは避《さ》けて通れない。でも、生きることの中には笑《わら》いもあるし、仲間《なかま》もいるし、自分の存在《そんざい》が必要《ひつよう》とされたり求《もと》められたりすることもあるのだ。

ビンティは立ちあがり、服についたほこりを払《はら》った。水をくんできて、夕《ゆう》ご飯《はん》のしたくをしよう。ジュニたちが相談に疲《つか》れたら、夕《ゆう》ご飯《はん》が食べられるようにしておこう。

家族みんなでいっしょに食べて、いっしょに眠《ねむ》るのだ。

朝が来たら、みんなでまた新しい一日を乗り切っていける。

Shopu Yokozekela Kumwamba
Heaven Shop
COLOR PENCILS

著者《ちょしゃ》の言葉

ＨＩＶ《エイチアイブイ》というのは、ヒト免疫不全《めんえきふぜん》ウイルス(Human・Immunodeficiency・Virus)のことです。このウイルスは、病気の回復《かいふく》を助ける体の免疫《めんえき》システムを破壊《はかい》します。検査《けんさ》を受けて血液《けつえき》の中にＨＩＶ《エイチアイブイ》の存在《そんざい》が見つかった人はＨＩＶ陽性者《エイチアイブイようせいしゃ》ということになります。

エイズ（ＡＩＤＳ）は、後天性免疫不全症候群《こうてんせいめんえきふぜんしょうこうぐん》（Acquired・Immune・Deficiency・Syndrome）という名前の感染症《かんせんしょう》のことです。エイズに感染《かんせん》した人は、まずＨＩＶ《エイチアイブイ》に侵《おか》されて免疫力《めんえきりょく》が弱められ、ほかの病気と闘《たたか》う力を失《うしな》ってしまいます。エイズ感染者《かんせんしゃ》の死因《しいん》は、結核《けっかく》、肺炎《はいえん》、あるいは風邪《かぜ》といったほかの病気です。

ＨＩＶ《エイチアイブイ》は、コンドームを使わない性行為《せいこうい》、消毒《しょうどく》していない注射針《ちゅうしゃばり》やカミソリなどの使い回しによって感染《かんせん》しますが、献血《けんけつ》された血液《けつえき》の検査《けんさ》が実施《じっし》される前は、汚染《おせん》された血液《けつえき》の輸血《ゆけつ》によっても感染《かんせん》していました。ＨＩＶ陽性者《エイチアイブイようせいしゃ》の母親から、妊娠中《にんしんちゅう》や出産時《しゅっさんじ》、あるいは授乳《じゅにゅう》を通して赤ちゃんにもウイルスがうつってしまうこともあります。ＨＩＶ《エイチアイブイ》は、キスしたり、体が触《ふ》れたり、コップや食器《しょっき》を共同《きょうどう》で使ったりすることによって感染《かんせん》することはありません。

日常的《にちじょうてき》に親しい関係《かんけい》にあるからといって感染《かんせん》することはないのですが、恐怖心《きょうふしん》と教育の不足《ふそく》から、感染者《かんせんしゃ》の排斥《はいせき》も起こっています。米国で、輸血《ゆけつ》でＨＩＶ《エイチアイブイ》に感染《かんせん》した少年の登校を阻《はば》もうとした事件《じけん》があったのは、ついこの間のことです。これは、ほかの子どもの親たちが自分の子どもへの感染《かんせん》を心配して行動を起こしたものでした。こうした行動は、エイズを恥《はじ》だとみなす考え方を助長《じょちょう》し、問題をさらに大きくします。恥《はじ》だとみなすことによって、エイズに関《かん》しての真実を追求《ついきゅう》したり、情報《じょうほう》を共有《きょうゆう》したりすることも妨《さまた》げられてしまいます。

今日、全世界でＨＩＶ《エイチアイブイ》やエイズをかかえて暮《く》らしている人の数は、四千万人にのぼり、その数は増《ふ》えつづけています。その四千万人のうち

・二千万人強が女性《じょせい》
・三百万人は、十五歳《さい》未満《みまん》の子どもたち
・サハラ砂漠《さばく》以南《いなん》のアフリカに暮《く》らす人たちが二千五百万人　です。

サハラ砂漠《さばく》以南《いなん》のアフリカでは、エイズで親を失《うしな》った子どもが千三百万人以上《いじょう》います。

こうした「エイズ孤児《こじ》」の数は、二〇一〇年には二倍に増《ふ》えると予想されています。

インフルエンザなど、ほかの集団感染症《しゅうだんかんせんしょう》とちがって、体力が最《もっと》もあり経済《けいざい》活動も最《もっと》も活発に行える若《わか》い人がかかることが多いのがエイズの特徴《とくちょう》です。そうでなくても困難《こんなん》をかかえている国々《くにぐに》にとって、これは大きな打撃《だげき》です。じっさい医療関係者《いりょうかんけいしゃ》、役人、教師《きょうし》といった人々《ひとびと》が、どんどん亡《な》くなり、補充《ほじゅう》が間に合わなくなっています。

ウイルスの活動をにぶらせる（ウイルスを殺《ころ》すことはできない）薬が開発されていますが、とても高価《こうか》で、たとえば南部アフリカですと、たいていの人の一年分の給料《きゅうりょう》が、この薬の一か月分で消えてしまいます。もっと安価《あんか》な薬剤《やくざい》が入手できるようになる予定ですが、導入《どうにゅう》には時間がかかっています。

また、戦争《せんそう》がエイズの流行に拍車《はくしゃ》をかけています。戦争《せんそう》の影響《えいきょう》で女性《じょせい》がレイプされたり売春《ばいしゅん》させられたりするようになり、政府《せいふ》も教育や保健《ほけん》に使うべき予算を武器《ぶき》や兵士《へいし》につぎこむからです。

貧困《ひんこん》もエイズを蔓延《まんえん》させています。教育が中断《ちゅうだん》されることによって職業《しょくぎょう》の選択《せんたく》もかぎられ、高価《こうか》な薬を買うこともできなくなるうえに、栄養《えいよう》をとるといった自分でできる最低限《さいていげん》のケアさえ困難《こんなん》になるからです。

わたしたちはまだエイズを治療《ちりょう》する薬は持っていません。しかし、戦争《せんそう》を防《ふせ》いだり、貧困《ひんこん》を減《へ》らしたりすることはできるのではないでしょうか。

デボラ・エリス

二〇〇四年

訳者《やくしゃ》あとがき

HIV《エイチアイブイ》やエイズは、治療薬《ちりょうやく》がまだ開発されないとか、感染者《かんせんしゃ》の増加《ぞうか》が抑《おさ》えられないといった医学上の問題がクローズアップされることが多いのですが、それぱかりではありません。そこには、世界の経済《けいざい》の格差《かくさ》、男女の関係《かんけい》、家族のあり方など、さまざまな問題が反映《はんえい》されているのです。

カナダ人の著者《ちょしゃ》デボラ・エリスさんは、この作品の中で、そういう問題の渦中《かちゅう》にいる子どもの姿《すがた》を、ほかの地域《ちいき》にいる人々《ひとびと》にも生身《なまみ》の人間として伝《つた》わるように生き生きと描《えが》き出《だ》そうとしています。

この作品を書くにあたって、エリスさんは、アフリカのマラウイやザンビアに出かけて多くの子どもたち、そして子どもの世話をしている人たちと出会い、取材《しゅざい》を重ねました。このときに取材《しゅざい》した子どもたちの生《なま》の声は、『Our Stories, Our Songs: African Children Talk About AIDS（「ぼくたちの話、わたしたちの歌：エイズについて語るアフリカの子どもたち」という意味）』という別《べつ》のノンフィクション作品として出版《しゅっぱん》されています。

本書は、綿密《めんみつ》な取材《しゅざい》をもとにして書かれたフィクションですが、くっきりとうかびあがってくるのは主人公ビンティだけではありません。優等生《ゆうとうせい》だったけれど一時は自分を見《み》失《うしな》ってしまう姉のジュニ、絵が好《す》きで争《あらそ》い事《ごと》が嫌《きら》いなのに盗《ぬす》みで逮捕《たいほ》されてしまう兄のクワシ、困《こま》っている人たちに惜《お》しみなく愛《あい》を注《そそ》ぐゴゴ、困難《こんなん》の中から立ちあがって勇敢《ゆうかん》に生きようとするメモリー……みんな印象《いんしょう》に強く残《のこ》る描《えが》かれ方《かた》をしています。

エリスさんは、世界のあちこちを旅して回りながら、戦争《せんそう》や、貧困《ひんこん》や、災害《さいがい》や病気をかかえて生きる子どもたちを書きつづけているのですが、どうしてそういう子どもたちについて書くのか、ときかれて、「私《わたし》が関心《かんしん》を持っているのは勇気《ゆうき》です。どういうときに勇気《ゆうき》が生まれてくるのかに興味《きょうみ》を持っているのです」と語っています。そして、そのような子どもを書きつづけていくうちに、どこに住んでいる子どもたちのことも、「よその子」ではなく自分とかかわりがある子どもだと考えるようになった、と述《の》べています。

この本を読んでくださる方も、ビンティたちと友だちになり、かれらの勇気《ゆうき》ある生き方について何かを感じていただければ、幸いです。

二〇〇六年　三月

さくまゆみこ

Deborah Ellis　デボラ・エリス

カナダ、オンタリオに生まれる。17歳のころより非暴力の政治活動に参加、高校卒業後は平和運動や女性解放運動に身を投じる。現在は、トロントの女性用グループホームでカウンセラーとして働きながら執筆活動を行っている。邦訳された作品に、『きみ、ひとりじゃない』、『希望の学校 — 新・生きのびるために』（共に、さ・え・ら書房）などがある。

さくまゆみこ

東京に生まれる。文化出版局、ならびに冨山房で児童書編集に携わったのち、現在は翻訳家として活躍中。青山学院女子短期大学子ども学科教授。主な著書に、『子どもを本好きにする50の方法＋おすすめ本300冊』（柏書房）、主な訳書に、『やくそく』（BL出版）、『路上のストライカー』（岩波書店）、『沈黙のはてに』（あすなろ書房）、『ヒットラーのむすめ』、『わたしは、わたし』（共に、鈴木出版）など多数。

ホームページ：http://members.jcom.home.ne.jp/baobab-star/index.html

齊藤木綿子（さいとう ゆうこ）

多摩美術大学グラフィックデザイン科卒。本のさし絵のほか、ファッション雑誌、広告等で活躍中。著書に、『ヨーロッパ「味出しおじいちゃん」スケッチ旅行』（小学館）、絵本に、『るるさんのおかいもの』（福音館書店）、さし絵に、『ただいま！ マラング村 タンザニアの男の子のお話』（徳間書店）、『シルクの花』（鈴木出版）などがある。

協力　日本マラウイ協会

鈴木出版の海外児童文学　この地球を生きる子どもたち

ヘブン ショップ

2006年4月17日　初版第1刷発行
2015年2月10日　第3刷発行

作　者／デボラ・エリス
訳　者／さくまゆみこ
発行者／鈴木雄善
発行所／鈴木出版株式会社
〒113-0021　東京都文京区本駒込6-4-21
電話　代表　03-3945-6611
編集部直通　03-3947-5161
ファックス　03-3945-6616
振替　00110-0-34090
ホームページ　http://www.suzuki-syuppan.co.jp/
印　刷／図書印刷株式会社

2006 Printed in Japan　ISBN 4-7902-3163-1 C8397

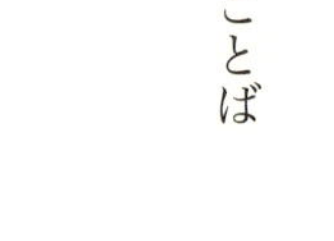

鈴木出版の海外児童文学　刊行のことば

この地球を生きる子どもたちのために

芽生えた草木が、どんな環境であれ、根を張り養分を吸収しながら生長するように、子どもたちは生きていくエネルギーに満ちています。現代の子どもたちを取り巻く環境は決して安穏たるものではありません。それでも彼らは、明日に向かって今まさにこの地球を生きていこうとしています。

そんな子どもたちに必要なのは、自分の根をしっかりと張り、自分の幹を想像力によって天高く伸ばし、命ある喜びを享受できる養分です。その養分こそ、読書です。感動し、衝撃を受け、強く心を動かされる物語の中に生き方を見いだし、生きる希望や夢を失わず、自分の足と意志で歩き始めてくれることを願って止みません。

本シリーズによって、子どもたちは人間としての愛を知り、苦しみのときも愛の力を呼び起こし、複雑きわまりない世界に果敢に立ち向かい、生きる力を育んでくれることでしょう。そのとき初めて、この地球が、互いに与えられた人生について、そして命について話し合うための共通の家（ホーム）になり、ひとつの星としての輝きを放つであろうと信じています。